光文社文庫

文庫書下ろし

木戸芸者らん探偵帳

仲野ワタリ

この作品は光文社文庫のために書下ろされました。

木戸芸者らん探偵帳

序

暦は弥生、月が明けたばかりの朔日のことであった。

川ひとつ隔てた両国界隈とは対照的に、武家地である本所の夜は早い。

城のまわりと違い大名屋敷は数えるほどしかないものの、町人地に比べれば敷地にゆとりのある旗本や御家人の屋敷が並ぶ町は、日暮れにはすっかり人の往来が途絶えて静けさに包まれる。おまけにこの夜のような新月ともなれば、提灯なしでは足元が覚束ぬ暗さとなる。

その闇の淵に、女の悲鳴が響いた。

場所は回向院の裏手の路地だった。

暗闇に、二間（約三・六メートル）ほどの距離を置いて睨み合っている男たちがいた。

片方は提灯を掲げている十手持ち。

相対するもう一方は頭巾をかぶり、太刀を抜いている。

十手持ちの横には、悲鳴をあげた女が尻餅をついたまま震えていた。どこかの屋敷の女中が使いに出た帰りに、運悪く賊に出会ってしまったという体だった。

転んだはずみで落としてしまったのだろう。地面に転がっている女中が持っていた提灯の火は消えていた。

ただの賊ではない。

男が抜いているのは、二尺三寸（約六十九センチメートル）はあろうかという真剣である。

頭巾で隠しているため何者であるかはわからぬが、ぼんやりとした提灯の火が浮かび上がらせた袴姿は武家であることに間違いない。

かたや十手持ちは、町の見回りについていた目明しだった。

太刀を相手に十手では、いかにも分が悪い。

（今夜あたり出るかと睨んでいたが、案の定か）

目明しは、自分の勘の良さに感心しながらも、その勘の良さが己を窮地に追い込んでしまったことにも気づいていた。

（もしこいつが手練れだとしたら、俺もすぐにお陀仏か）

大川を挟んで、両国や本所に夜鷹などの女を狙った辻斬りが現れるようになったのは昨年の夏頃からのことだ。幸いにして命を絶たれた者はまだいない。下手人は暗がりにいきなり現れては太刀を抜き、相手が恐ろしさのあまりに逃げ出したり腰を抜かしたりすると何処かへと姿を消す。金品を奪ったりしないところをみると、辻斬りを装った狂言の類であるかもしれなかった。

とはいえ、人騒がせな賊を野放しにはできない。そこで目明しは辻斬りに出くわしたという女たちから聞いた話をもとに、両国橋の両岸を見回ることとしたのだった。

捕り方として、修羅場はこれまで幾度かくぐり抜けてきた。

だが、真剣を相手に立ち回りをしたことはない。

相手が一歩前に出て太刀を振りかぶった。いままでは本当に斬りつけはしなかった辻斬りだが、こうなってはなにをしでかすかわからない。

十手持ちはじりじりと後ずさりした。本気で振り下ろされたら、太刀を払うどころかこちらの十手が弾き飛ばされてしまいそうだ。こうなると提灯も邪魔だ。

そこに、何処からか声が響いた。

「どこだ？」

「こっちです」

男の声だった。一人ではない。女の悲鳴を聞いて、そのへんの屋敷から人が出てきたのだろう。

「こっちだ。辻斬りだ！」

十手持ちも呼応するように叫んだ。女は尻餅をついたまま声を出せずにいる。

振りかぶった太刀が、すうっと下がった。

と同時に、辻斬りは背中を向けて駆け出した。その姿はすぐに闇の中に消えた。

た。

「おーい、どっちだ」

すぐ後ろから問うような声がした。歳の頃は四十くらいか、少しかすれた男の声だった。

「こっちだが、賊は行ってしまった」

十手持ちが振り返ると、助っ人は女を助け起こしていた。提灯の火が照らしたのは、思っていたよりもずっと小柄な影だった。

「大丈夫ですか」

女を気遣うその声に、十手持ちは戸惑った。声の主は若い娘だった。

ならば、さっきの声の男たちはどこか。見回すが誰もいない。

(どういうことだ?)

あっけにとられていると、娘が寄ってきた。

「いまのは辻斬りだったんですか」

問われて、十手持ちは「ああ」と答えた。

「抜かれて、危ないところだった。助かったよ」

「よかった。この人も怪我はないみたい。家まで送ってあげてください」

頷きながら、「ところで」と十手持ちは訊いた。

「連れの御仁はどこだ。いま、いただろう」

言いながら、相手が武家の娘だったらこの口のききようは無礼に当たるといまさらながらに気づいた。しかし、もう遅い。

「いないよ。あたし一人です」

「一人？」

「うん」と娘が返した。

「いや、だって、いただろう。男が。二人はいたはずだ」

娘はなにがおかしいか、くすっと笑った。灯に浮かんだ大きな瞳がこちらを見ていた。

「奈落（ならく）の源助（げんすけ）さんでしょ。知っているよ」

両国界隈で通っている名前を呼ばれて、娘が町人であるとわかった。

「おーい、兄貴！」と、遠くから別の場所を見回っていた達吉（たつきち）の声が聞こえた。

「ここだ！」と十手持ちは声に答えた。

「じゃあ、あたしは急ぐからこれで」と娘は道端に置いていた自分の提灯を拾うと背中を向けた。

おい、と引き止めようとしたが、逆に「その人をお願いね」と頼まれてしまった。

（いまの娘は？）

なんとなく聞き覚えのある声だった。もう少し顔をはっきり見ることができれば誰かわかったかもしれない。なにしろ、向こうはこっちを知っていた。ということは両国の人間だ。

十手持ちのいる場所に、達吉が駆けてきた。

「深川(ふかがわ)の手前あたりまでさがしに行ったんですがね。それっぽいのはいませんでした」

十手持ちに憧れて押しかけ弟子となった十七の若者は、この晩も「兄貴一人じゃ危ない」とついてきた。そのくせ肝心なときにはいないのだから、要領の悪いやつだ。しかし、おかげで危険な目には遭わせることなく済んだ。

「そりゃそうだろう。賊は柳島(やなぎしま)の方に逃げちまったよ」

「えっ、会ったんですか？」

「ああ」

さて、こいつにいまの一件をどう話したものか。十手持ちは着物についた汚れを払っている女に話しかけた。

「男の声、お姉さんにも聞こえましたよね」

「はい」と女は返事をした。

やっぱり、空耳ではなかったようだ。

一

葦簀で塞がった薄暗い見世物小屋の奥で灰褐色の毛を撫でていたら、後ろから声がかかった。

「おい、らん。そろそろ出番じゃないのか」

振り向くと、獣使いの権太が動物たちにやる水が入った桶を持って立っていた。

「いけない。ちょっとだけと思って長居しちゃった」

らんが立ち上がると、灰褐色の毛の持ち主、狼のシロが「くうう〜ん」と鼻を鳴らした。

「よしよし、シロ。また来るからね」

別れを悟ったシロが地べたに寝そべったまま顔だけあげて「くうんくうん」と子犬のような甘えた声を出す。

「おいおい、狼のくせに情けない声を出すなよ。いいか、客の前じゃ強そうにしていろよ」

権太が椀に注いだ水を差し出すと、シロはぴちゃぴちゃと音を立てて舐め始めた。もう一度、「よしよし」と頭を撫でてやる。狼は気持ちよさそうに目を細めた。

隣の芝居小屋から、どんどん、と客寄せの太鼓が鳴った。

「はいはい、いま行きますよ。権太さん、またね！」

止まり木にいる鸚鵡に餌をやっていた権太が「おう」と片手をあげた。

らんは見世物小屋の裏口になっている筵をめくってすぐ横の芝居小屋に戻った。

入ったそこは舞台裏の楽屋で、役者たちが出番に備えて化粧をしたり、着替えをしたりしていた。

「おや、らん。ひさしぶりだね」

声をかけてきたのは狂言作者の仁吾郎だ。いちおう座付の作者ではあるけれど、普段は小屋ではあまり顔を見ない。

「あれ、仁吾郎さん。めずらしいね」

「在に住んでいる親戚が江戸見物に来たんでね。芝居でも見せてあげようかと思ってさ」

「へえ。親戚の人たちは」

「広小路を歩いているよ。もうじき戻ってくるだろう」

仁吾郎と話していると「らん！」と呼ぶ声がした。

「どこに行っていた。また狼とじゃれていたのか。そのうち食われちまうぞ」

自身も役者である座元の京兵衛がらんを見つけて睨んでいた。いや、睨んではいない。よく見ると目元は笑っている。恐ろしげなのは目のまわりに隈を施しているからだ。

「あの子、日に一度はあたしの顔見ないと元気なくすからね」

「お前が勝手にそう思っているだけじゃないのか。まったくいい歳して、獣にうつつを抜かしているとはな」

「なんだい、座元。焼いているのかい」

そばで化粧をしていた役者の花二郎が茶茶を入れてくる。

「焼くわけねえだろ。それよりほらっ」

京兵衛が脇に置いてあった黄色い羽織をむんずとつかんでらんに放った。

「ありがとう！」

袖を通そうとするらんに怒声が飛ぶ。

「櫓太鼓鳴らしてんだ。とっとと木戸に行け。ぼやぼやしてっと給金減らすぞ」

「そりゃないよ！」

くわばらくわばら、と胸でまじないを唱えながら、客席を抜けて木戸へと急ぐ。

丸太を組んだ芝居小屋は、両国広小路の中でも一、二を競う大きなものだ。なんでも江戸三座の『中村座』を真似たとかいう話だけど、耳に聞くだけで、とうの『中村座』の中など見たことがない。外からならば眺めたことがある。似ても似つかない。あちらは思わず拝みたくなるほど立派な造りだが、こっちは火除け地に建つ仮の薦張り小屋だ。

いざ火事ともなれば、すぐに解体される運命にある。

頭上からは、これまた『中村座』を真似たとかいう櫓太鼓が鳴っている。

客席を走り抜けて、木戸に出る。

ぱっとまわりが明るくなり、広小路の往来が目に飛び込んでくる。

まだ明け六つ（午前六時）が過ぎたところ、一日は始まったばかりだというのに、浅草と並ぶ江戸一の盛り場は今日も早くから賑わっている。町人、商人、腰に太刀を差した武家、男も女もひっきりなしに通りを行き交っている。歩く人だけでなく、軽業師の人だかりもあれば、家で朝餉を済まさなかったのか、床店や屋台で汁粉や蕎麦をかきこんでいる人もいる。

もちろん、なかには櫓太鼓に足を止めて「今日の演目はなんだ？」と小屋の看板を見上げている人たちもいたりする。

のんびりしちゃあいられない。あの人たちが行っちゃう前に呼び止めなきゃ。

木戸の上の台に上って、すうっと息を吸い込む。浅葱色の小袖の下で膨らんだ胸から、声を張り上げる。

「とざいとおざああーーーーい！」

いい声だ。自分でも、川向こうまで届くんじゃないかというくらいのよく通る声が出せた。

おかげでほら、餌を見つけた魚の群れみたいに道ゆく人がみんなこっちを向いた。

「どなた様も朝からの御到来まことにありがとうございます！　こちら両国きっての芝居小屋、『京屋座』でございます」

お、なんだありゃ、と魚たちが口をパクパクさせて言い合っている。ああいうのはあまり両国に慣れていない人たちだ。女の木戸芸者が珍しいのだろう。

ぐいぐいと、投網の綱を引くように抑揚をつけながら口上を続ける。

「本日の演目は『絵本太功記』十段目。見物は当座第一の看板役者、二階屋花二郎演じる武智十次郎と初菊の悲しき恋にございます。朝から目頭が熱くなること間違いなし。あ、なに、花二郎って誰だそりゃって顔しているそこの人。二階屋花二郎に当座の座元、谷本京兵衛、この二人はもとは三座で鳴らした千両役者だ。ゆえあっていまは当座に立っていますけどね、役者としては昔よりいまが花だ」

一拍おいて「入らない手はないでしょう！」と声をかける。

まだ木戸をくぐる客はいない。なにぶん両国だ。芝居小屋は他にもある。『京屋座』の隣はシロのいる見世物小屋。その隣は芝居噺が受けている寄席。人形浄瑠璃もあれば講談もある。軽業も手妻もある。水茶屋もあるし矢場もある。飲み食いできる店はもっとある。居店だけでなく屋台も多い。

「土間なら四文だ四文！　三座じゃこうはいかないよ。芝居は中身だって？　負けちゃいないさ。なにしろ京兵衛の武智光秀に花二郎の十次郎だ。一目見といて損はなしだよ」

京兵衛や花二郎は、元は『中村座』『市村座』『森田座』の江戸三座に出ていた役者だ。少なくとも本人たちはそう言っている。でも見たことはない。二人はらんが赤ん坊の頃から『京屋座』にいた。信じて呼び込みをするほかない。

気づくと木戸に客が群がり始めた。

江戸っ子は芝居が大好きだ。三座に比べれば両国の小屋は格段に安い。『京屋座』もいちばん安い土間はたったの四文だ。これなら誰だって見られる。

よし、ここらで一発かまそう。

ぴんと背筋を伸ばして、胸に気をためた。喉を絞るように気道に力を込めて顎を引く。男声を出す。

「あの物音は敵か味方か。勝利いかに」

娘の顔から発された男の声に、群衆が「おおっ」とどよめいた。ここは武智光秀が宿敵・真柴筑前守久吉と相対する『絵本太功記』十段目の掉尾を飾る場面だ。

「草履掴みの猿面冠者、いでひとひしぎ」

振りを交えて京兵衛が演じる光秀の口上を真似る。娘っ子が絞り出す武将の声に、人々はあっけにとられている。

「いよお〜〜！」

景気づけに本番にはないふりもつけて見得を切る。目の前にいる何十人かの人たちがどよめく。そのどよめきに、輪の外にいる人たちも振り向く。ただの呼び込みとはいえ衆目を集めると気分があがる。

得意の声色と、台詞覚えの良さを座元に買われて木戸芸者になったのが二月前の年の瀬のこと。給金は安いけれど、これがあるからやめられない。

（これなら今日は大入りといくかも）

見得を切りながら手応えを感じていると、「ん？」と目につくものがあった。

群衆の後ろの方で、ぴょんぴょん跳ねながらこっちを見ている若者がいる。かと思えば、若者はこっちを指差して連れの男に何かを言っている。

（あれは……）

遠目にも誰かすぐにわかった。この広小路を見回っている目明しとその手下だ。だいたい昨晩も本所で会った。座元に頼まれて贔屓のお武家様のお屋敷に使いに出た帰り、辻の先で女の人の悲鳴が聞こえた。なんだろうと角から覗いてみれば、十手持ちと辻斬りらしい男が睨みあっていた。

声色が器用なだけじゃない。実は夜目遠目もけっこう利くし、耳もいい方だ。提灯の明かりしかなくても背格好からすぐに十手持ちが誰だか見当がついた。

（奈落の源助さんだ）

奈落というのは両国橋の下の河岸（かし）のことだ。ここを商売の場にしている夜鷹の女たちから頼りにされているから「奈落の源助」。話したことはないけれど、町でときどき子分を連れて歩いているところを見かける。他の岡っ引きみたいに威張っていないから評判はいい。歳もまだ若く、背丈があって、見ようによっちゃ色男にも見える。連れの子分がいつも猿みたいに背中を丸めて歩いているから、よけいに引き立つ。

その目明しの源助が、抜かれた刀に身をさらしていた。

このままじゃ危ない。目の前で骸（むくろ）なんかになられたらたまったものではない。いつも金魚のふんみたいにくっついているあの子分の兄ちゃんはどこにいるのか。ここってときだというのにいやしない。

どうするか。

やるしかない。覚悟を決めた。

向こうから姿が見えぬよう、角に隠れて大きく息を吸い込んだ。

目をかっと開き、遠くまで響くよう男の声を振り絞った。

「どこだ？」

もう一人、違う男の声を出す。

「こっちです」

一度に二役。聞いている方は二人いると思うはずだ。女の悲鳴を聞いて捕り方がきた。じゃなきゃ近くの屋敷のお武家さんと中間（ちゅうげん）が駆けつけた。そんなふうに聞こえているはずだ。

「こっちだ。辻斬りだ！」

源助が叫んだ。

そうか、と飛び出したいところだが、娘一人とばれたらまずい。

（お願い、逃げて！）

飛び出すかわりに頭で念じた。源助にではない、賊にである。

そっと角から頭を出すと、太刀を下げて駆けてゆく賊の影が見えた。身のこなしや細身の体から、まだ若いのではないかと思われた。

（やった！）

源助は背中をこちらに向けたまま闇に紛れていく賊を睨みつけている。腰を抜かしている女の人のところに駆け寄って、身を起こすのを手伝った。

源助と二、三、言葉を交わしていると、「おーい、兄貴！」と間の抜けた声が聞こえた。これを潮に、その場は源助たちに任せることにした。あまり深くは考えなかったが、こういうときはへたに素性を明かすと面倒なことになりそうだったし、なにより夕餉もまだで腹が鳴っていた。

回向院を回り込んで両国橋を渡り、夜も賑わう広小路を抜けて柳橋の端にある自分の長屋に帰った。戻って、おはなと湯漬けをすすってから湯屋に行った。

二歳上のおはなとは、わけあって去年の暮れ、ちょうど木戸芸者になったときから一緒に暮らしている。美人で、歳の割に落ち着いているおはなには、ついなんでも話したくなってしまう。一人っ子の自分だけど、姉がいたらこんな感じなのだろう。この晩も辻斬りの一件を話したら「らんちゃんになんにもなくてよかった」とほっとされた。そのあとに一言、「無茶しちゃ駄目よ」とたしなめられた。「はーい」とらんが返事をすると、おはなは小さく微笑んだ。

で、一晩たってみたら、この始末だ。

昨夜の源助が、あの子分を連れて芝居小屋の前に現れた。

(ありゃあ、あたしだってばれちゃったかな)

別にばれたからってどうってことはないけど、居場所を突き止めるなら自分ではなくて先に辻斬りの方だろう。

見得を解き、次の動きに移った。

座元の口上をそっくりそのまま真似て言う。

「というわけでして、隅から隅まで、ずずいいっと乞い願い上げ奉りまする〜！」

群衆はやんやの喝采だ。

源助が気になるが、いったん木戸から奥に引っ込む。

木戸芸者の仕事は呼び込みだ。

声をあげて往来を歩く人の足をとめ、芝居の演目を説明したり、場面の一部を演じてみせたりして客の気を引く。そして木戸をくぐってもらう。

客足がよくて大入りになるようなら早く帰れるし、鈍い日は芝居の幕が閉じる夕方近くまで呼び込みを行う。商売柄、目立つようにと鮮やかな浅葱色の小袖に黄色い羽織を着ている。下は袴。顔には役者と同じように白粉を塗る。女の木戸芸者なんか他にいないし、その娘っ子が男の声色でいまみたいに口上を唱えると、たいていの人は驚いてくれる。隣が見世物小屋だからか、これも見世物のひとつと勘違いする輩もいる。そこはまあ、ご愛嬌だ。

なんで女に男の声が出せるのか。

別に天から授かったものではない。生まれ育った場所がそうさせたのだ。

らんは生まれも育ちも両国だ。去年亡くなった父の五平は、『京屋座』の木戸番だった。母のたえはというと、らんを産んですぐに亡くなった。用心を兼ねて小屋に住み込んでいた五平は、一人娘を楽屋で育てた。

舞台から聞こえてくる役者たちの声に囃子。芝居は赤子のらんにとって子守唄がわりだった。そんな生まれ育ちだったから、物心ついた頃にはたいていの芝居の台詞はそらで言えるようになっていた。

役者の口上もよく真似た。幼子が見得を切ると、まわりの大人たちはおもしろがって喜んでくれた。調子にのって声色まで真似ているうちに、女形の役者が女の細い声を出せるように、男の声を操れるようになった。いかにそっくりに出せるか、何度も何度も試みているうちにこつをつかんだのだ。

丸太矢来の葭張り小屋での暮らしは楽しかった。

一歩外に出れば、そこは両国広小路、江戸一の盛り場だ。

誰も彼もが楽しそうな顔をして歩いている。両国は毎日がはれの日だった。

寺子屋にも小屋から通った。川開きのある皐月は、他より高い小屋の上から大川に上がる花火を眺めた。夏の暑いときは川まで駆けて、そのまま水遊びをした。隣の見世物小屋はかっこうの遊び場で、権太に頼んで動物たちの餌やりをさせてもらった。なかでも狼のシロはまだ生まれたばかりの子狼の頃からかわいがった。シロという名もらんがつけた。子狼のときは毛が白かったからだ。だがシロは成長すると白い毛が灰褐色に変わった。いまさら名を変える気も起こらなかったので、シロはシロのままだ。

父の手伝いもした。小屋の掃除に雑用。駄賃をもらっては菓子屋に走った。

楽しい毎日だったけれど、どうも身内の運には恵まれていなかったらしい。

らんが十六になったとき、五平が頓死した。

舞台の道具を片付けているときにあやまって転んで頭を打ち、しばらくはなんともない顔をしていたのだが、半刻（約一時間）ほど経ってから「うーん」と唸って眠るようにそのまま息をひきとってしまったのだ。

らんは最初、それこそへたな芝居でも見ているようで、父の死が信じられなかった。だが、いくら「おとっつぁん！」と呼びかけても五平は目を覚まさない。試しに指で瞼を開いてみると、虚空でも見ているかのようなひどく生気のない瞳がそこにあって、やっと父の魂がすでにこの世にないことを悟った。

呼ばれた医師の見立ては「打ち所が悪かった」だった。そうとしか言いようのない死に方だった。

あんまり突然過ぎたので、悲しみに沈むことはできなかった。まして賑やかな小屋にいてはなおさらだった。まわりの人たちは「涙ひとつ見せないで気丈なやつだ」と労ってくれた。

座元の京兵衛は薄給でこきつかっていた割には情に厚いところを見せて、なんとか宗のえらいお坊様にたのんで芝居小屋の奉公人には上等すぎる葬儀をあげてくれた。そのときも、棺桶に五平を入れて土に埋めたときも、落涙はしなかった。たんに父の死を受け止めきれずに、心が麻痺していただけなのかもしれない。

らんが泣いたのは、葬儀が終わって十日も経った頃、頼まれて深川に使いに出た帰り道だった。両国橋を渡っていると、舟遊びをしている人たちを乗せた舟が目についた。舟べりで、若い男女が並んでなにかを話していた。

（おとっつぁん、あの世でおっかさんと会ってあんなふうに仲よくやっているのかな）

そう思うと、顔も知らない母親と父親が仲睦まじくしている姿が目に浮かんだ。

実際は、五平とたえが夫婦であった時期はほんの一、二年のことで、二人にはそんな時間はあまりなかったかもしれない。

（不憫だなあ）

無性に父と母が愛おしくなって、涙がこみあげてきた。

ひとりぼっちの自分が悲しいというよりも、薄命だった両親を気の毒に思う気持ちの方が強かった。

（おとっつぁんも、おっかさんも、もっと長生きしたかっただろうに）

たえが亡くなったのは十九のときだった。五平にしたってまだ三十六歳だった。

（おっかさんに会いたいなあ。おとっつぁんにもまた会いたいな）

やっとここで寂しさを感じた。橋の欄干にもたれて泣いた。通りがかりの女の人が「どうしたの」と声をかけてくれた。

「亡くなった親のことを思い出しちゃって」と素直に答えると、「そうかい。元気出すんだよ。おっかさんかおとっつぁんか知らないけど、あんたが泣いていると心配するよ」と女性は慰めてくれた。「両方です」と言おうかと思ったが、相手を困らせたくないのでやめた。

涙を流して泣いたのは、これ一度きりだった。

そのあとは、父や母を思い出すと胸がきゅっとなることはあっても泣くことはなかった。逆に胸が温かくなった。（おっかさんもおとっつぁんもあたしのなかにいるんだ）と思えるようになった。

よほど鈍いのか、それとも世間知らずなのか、はたまたとんでもなく呑気なのか、両親の不在を受け止めると、やっと自分のことを考えられるようになった。

（これからどうしよう）

五平が亡くなったあとも、生活は変わっていなかった。

小屋の一隅にある寝所はそのまま使わせてもらっているし、一日は雑用で明け暮れている。なにしろ小屋での暮らししか知らなかったので、これまではそこから出て行くことなど考えたこともなかった。

が、まわりはそうではなかった。

住み込みで小屋を守ってきた木戸番が身罷って、十六の娘が残った。

らんのいない場所で、大人たちは「さて、あいつをどうするか」と相談しあった。

去年の師走のことだ、平常はさして顔を見せない京兵衛の妻のおゆうが、夫がどこかに出かけているすきに小屋に来てこう言った。

「あんたも十六だ。うちで一、二年、女中をやりながら花嫁修業でもしてみないかい。そうしたら、腕のいい職人か、でなけりゃどっかの店の手代でも、誰かいい人を当たってみるけど」

突然の嫁入り話に、らんは思わず両手を口で塞いだ。

「どうしたんだい？」

訝るおゆうに、らんは「あ、いや」と口から手を離した。

「あんまりびっくりしたんで、胃の腑が飛び出しちゃいそうになって」

「あんたときたら、少しは人の話を真面目に聞きな」

「すみません」

あたしは真面目なんだけどな、と思ったけれど黙って聞くことにした。十六年生きていて、自分がへらず口であることは薄々気付いていた。そのへらず口が男衆には割と受け入れられているけれど、女の人には生意気だとか不真面目だとか思われることも。

「実はね」とおゆうは切り出した。

「うちの人が馬鹿なことを言いだしているのさ」

京兵衛はときどき馬鹿なことを言う。今度はなんだろうと思って首を傾げた。

待っていた言葉は、頭の中で天啓のように鳴り響いた。

「あんたのことを木戸芸者にするって言ってんだよ」

（木戸芸者！）

それだ、と思った。実は前から花二郎たちや、とうの木戸芸者の平吉（へいきち）には言われていたのだ。「こいつを木戸に立たせたらおもしれえだろうな」と。

おゆうは、らんが内心で膝をばしばし打っていることになどまったく気付かずつづけた。

「やれやれ、十六の娘をつかまえてなにを言ってんのかね。木戸芸者なんぞにしたら一生嫁のもらい手なんかなくなるよ。亡くなったあんたのおとっつぁんにだって申し訳が立たないじゃないか」

今度は声が出た。

「やります！」と即答した。

「そうかい。じゃあ荷物をまとめて……」

そこでおゆうは「ん？」とらんの顔を見た。

「木戸芸者、あたしやります！」

今度は女将（おかみ）が「え」と口に手を当てた。

「座元に言ってきます。座元はどこです？」

「あんた、わたしの話をちゃんと聞いていたのかい?」

信じられないといった顔をしているおゆうに、らんは元気よく「はい!」と返事をした。

「女将さんのお気持ちはありがたいです。嬉しいです。あたしのことを考えてくれる人なんてほかにいません」

「だったらうちにおいで。それともなにかい、その歳で心に決めた人でもいるのかい。役者はやめときな。遊び人が多いからね。役者の女房のわたしが言うんだから間違いないよ」

「そういうんじゃないんです。あたし、小屋のためになにかをやってみたいんです」

木戸芸者の賑やかしなら自分にもできそうだ。

『京屋座』は、ちょうどこの頃、長く呼び込みを任されていた平吉が病がちになって困っていたところだった。五平も生前「平吉さんも歳だ。そろそろかわりに誰かを立てないとな」と口にしていた。

「小屋のためにって……」

おゆうは開いた口が塞がらないといった顔だった。

「女将さんに言われて、いま気がつきました。あたしは小屋のためになにかしたかったんだ。生まれてからずっと置いてもらった、その恩を返したいんです」

思いついたばかりのことだったけれど、口から出まかせではなかった。呑気な自分はそうと気づいていなかっただけで、心のうんと深いところでは小屋のためになにかがしたいと思っていたのだ。

「だから、木戸芸者をやりたいです」

「恩返しって、本気なのかい。でもあんた、住むところはどうするんだい」

「住むところ？」

「年頃の娘が、こんなところに身寄りもなく一人で暮らしているなんておかしいだろう。うちの人もわたしもそれを案じているんだよ」

言われてみれば、そうなのかもしれない。でも木戸芸者になれば、これまでと変わりなく住み込みで暮らしていけるはずだ。

（座元はまさか、ここから出て行けと言うんじゃ……）

いやまさかな、と思ったけれど、言われた。

「ここを出て長屋で暮らせ」

ほどなくして外から戻ってきた京兵衛は、おゆうから話を聞くと、らんに小屋を出て行くようにと勧めた。

「五平がいなくなって、お前一人に夜の小屋の番をさせていたのがどうにも不憫でな。それに男所帯の小屋にいたんじゃ、なにか間違いが起こるかもしれねえ。そうなったら五平に申し訳がたたねえ」

別に男所帯だろうがなんだろうが、みんなかわいがってくれるし、生まれたときからここしか知らないんだからかまいやしなかった。

「住むところはある。いま話をつけてきたところだ。お前も知っているかもしれないな。すぐ裏の、柳橋の長屋におはなという十八の娘がいる。向こうもちょうど一緒に暮らしていた母親を亡くしたところだ。歳も近いことだし、厄介になれ」

「おはなさんって、あのきれいな姉さん？」

同じ両国の住人同士、挨拶くらいは交わす仲だったが深い間柄ではない。童（わらべ）の頃のままのような顔をした自分とは大違い。あっちは浮世絵からそれこそ浮き上がってきたような美人だ。

「ああ、そうだ。向こうは今日からでも来ていいと言っているぞ。家賃は折半ということで話はまとまっている。それくらいの給金は出してやるから心配すんな」

いつの間にか自分のあずかり知らぬところで話が進んでいた。悪い話ではなかった。

聞けば、おはなは『京屋座』からそう遠くない矢場（やば）で働いているという。

「座元はなんであのお姉さんを知っているの？」

不思議に思って訊いた。

「ちょいと昔、世話になってな。いや、おはなにじゃねえぞ。親にだ」

なあ、と京兵衛は横にいたおゆうを見た。

「そうだね。この人にもわたしにも恩人なのさ。まあ、そのうちおはなちゃんからお聞き」

自分の話は反故(ほご)にされたおゆうだったけれど、おはなと暮らすことに異存はないようだった。

「わかりました」

そう答えたらんは、その日のうちにおはなの長屋に移った。

話が通っているというのは本当で、京兵衛がらんを連れていくと、おはなは「待っていたのよ」と迎えてくれた。はしゃぐわけでもなく、といってつっけんどんでもなく、自然な態度で接してくれるおはなにらんは好感を覚えた。

おはなの住む長屋はそのへんによくある九尺二間の裏長屋で、置いてある道具類も簡素なものばかりだったけれど、ひとつだけ長屋にはそぐわない立派な桐の簞笥(たんす)があった。(すごい。簞笥がある）と目を丸くしていたら、おはなはらんが葛籠(つづら)に入れて持ってきた何枚かの着物をその簞笥の引き出しの一段に納めてくれた。京兵衛に指図された小屋の仲間たちが長屋に布団を運んでくると、引っ越しは終わった。

木戸には次の日から立った。この頃はまだ木戸芸者を張っていた平吉から、呼び込みの口上や客受けする台詞、間の取り方など仕事のいろはを教わった。平吉は「お前が継いでくれて助かった」と心から喜んでくれた。よほど安心したのか、その年の大晦日(おおみそか)を最後に隠居した。

正月からは、『京屋座』の呼び込みはらん一人の肩にかかるようになった。重荷でないといえば嘘になるが、背負っていてなかなか心地よい重荷だ。

そんなこんなで、二月経ったいまでは、『京屋座』の女木戸芸者といえば少しは知られる存在になっていた。

二

舞台では芝居の幕が開けている。

客席は土間も桟敷もいっぱいだ。舞台に上がっている京兵衛は、さぞやにんまりしていることだろう。

このぶんなら昼までは暇だ。楽屋で、口上で痺れた喉を茶で潤しているときだった。

「らんちゃん、裏にお客さんが来ているよ」

小屋の小僧の一太が呼びに来た。

「あたしに？」

「うん。源助っていう目明しの親分」

「やっぱりか」

予感的中だ。

「やっぱりって、らんちゃん、なんかやらかしたんかい？」

「なんであたしがやらかさなきゃなんないの」

小屋のみんなには昨夜のことは言っていない。話すと逆に源助の耳に伝わってしまいそうな気がしたからだ。

「ならよかった。俺はまたらんちゃんがてっきり番屋にしょっぴかれるようなことでもしでかしたかと心配したよ」

いまでこそちょっとは落ち着いたけれど、童の頃はいたずらが過ぎて番屋で説教を喰らうようなことをやらかしたりもした。一太もそういう武勇伝は知っているのでつい勘ぐったらしい。

「ちょっと昨夜ね、使いに出た帰り道にあの親分に会ったんだ。たぶんそれじゃないかな」

空になった湯のみを一太に預けて小屋の裏に出た。

見世物小屋との間の路地に、源助と、さっきぴょんぴょん跳ねていた若者がいた。

「兄貴、来たぜ」

違う方を見ていた源助を若者が呼んだ。振り向いた源助は「よう」と知り合いにでもそうするように声をかけてきた。

「こんにちは」

普通に挨拶した。昨日の一件で訪ねてきたことは間違いなかろう。問題は話の中身だ。助っ人に入った礼を言われるならいい。けれど目明しは人を疑うのも商売のうちだ。へんに勘ぐられて辻斬りの一味だとか思われていたら厄介だった。

「昨夜は世話になったな。お前さんだろう、男の声色で加勢してくれたのは」

「ああ」

答えると、若者が「おい」と割って入ってきた。

「ああじゃないだろう。名乗りもしないで消えやがって、おかげでさがすのに手間がかかったぜ」

「あたしをさがしていたの？」

うるさそうな子分は脇に置いといて、源助に尋ねた。

「明るいところできちんと礼が言いたくてな。危ないところを救われたよ。あのお女中さんも奉公先にちゃんと送り届けた」

「それはよかった。こっちこそ急いでいたんで挨拶もせずにごめんなさい」

「あの男の声色、最初はお前さんの声だってわからなかったよ。こいつに話したら、そりゃあ『京屋座』のらんという木戸芸者じゃないかっていうからこうして来たんだ」

「そうだったの。だったら手間なんかかからなかったじゃない。すぐに誰かわかったんだから」

「おめえ、いまなんて言った？」

若者がくいっと顎を近づけてきた。背格好はらんより少し高いくらいか。よく見ると顔がどことなく猿っぽい。背丈のある源助と並ぶと、猿回しと猿のように見える。

「喧嘩（けんか）腰になるのはやめてよ、おにいさん」

その一言に、相手の瞳の色が一瞬沈んだように見えた。

「……達吉だ」

「あたしはらん、達吉さんはいくつ？」

「十七だ」

「じゃあ一緒だね。あたしも十七になったばかりだよ」

「歳が同じだからどうだってんだ。お前、自分が怪しいってわかってんのか」

「怪しい？」

ほーら来た、という感じだった。そこに達吉の声がかぶさった。

「当たり前だろ。両国の芝居小屋の木戸芸者がなんで夜に本所にいるんだよ。それも都合よく辻斬りの出たところによ。これが怪しくなくてなんなんだ！」

なんなんだって、こっちこそ、どういうわけで辻斬りなんて物騒なものに出くわさなきゃならないんだか、訊きたいくらいだ。

「本所にいたのは座元に使いを頼まれたからだよ。贔屓にしてくれているお武家様がいてね。読みたいと頼まれていた名題の台本の写本をお届けにあがったんです。奈落の源助さんに会ったのはその帰り。嘘だと思うんなら座元に訊いてくださいな。あいにく舞台で光秀をやっているからあとでね。いま会ったら、達吉さん、あなた、猿面冠者の久吉と間違われて斬られちゃうよ」

猿面冠者が効いたらしい。「くっ」と顔を赤らめる達吉の横で源助が「ふっ」と口元を綻（ほころ）ばせた。

「兄貴、笑ったな。なんで笑うんだよ！」

「いや、別にな」

源助はあさっての方を向く。頬が震えているのがわかる。うけたようだ。

「お前は昔から変わらねえな。本当に生意気な野郎だ」

達吉は悔しがって土を踏んでいる。地団駄踏んでいる人間を芝居以外ではじめて見た。

「野郎って、あたし女ですけど」

「いいんだよ、お前みたいな野郎は野郎で」

「それより昔から変わらないってなに？　あたしたち、会ったことある？」

「忘れてやがんのか。がきの頃に何度も会っているだろう」

そう言われて、記憶を辿（たど）る。相手もこの辺りで育った子なら、会っていても不思議はない。童の頃は遊び相手なら山ほどいた。その場ではじめて会って、いっとき遊んで、それきり会わないなんて子もたくさんいた。

「うーむ」

一歩前に出て達吉の顔をじっと見る。「な、なんだよ」と顔をそむけるので、回り込んでじっと見る。

ちょっと猿に似たこの顔、そういえば覚えがある。

「わかった。あなた、寺子屋のお師匠さんのとこの達吉さんだ。そうでしょ」

「やっと思い出したか」

らんが通っていたのは女師匠のいる寺子屋だった。その隣に、師匠の兄がやっていた男の子の集まる寺子屋があった。達吉は、師匠の兄に何人かいた子供のうちの一人だった。

「覚えている覚えている。女の子に意地悪してよく叱られていたね」

「よけいなことを思い出すんじゃねえよ」

「そうか、あの達ちゃんだったか。そりゃあ、あたしを見つけるのも簡単だよね」

「まあな。兄貴から、男がいたはずなのに娘が出てきたっていうから、ああこりゃひょっとしてと思ったのさ。お前、寺子屋でも芝居遊びをして男の声を出していただろう」

「達ちゃんにはばればれだったか」

「へっ、この達吉さまをなめんじゃねえぜ。すぐにぴんときたよ。てか、達ちゃんじゃなくて達吉さまと呼べ」

童の時分からそうだったけど、お調子者は変わっていないようだ。

「で、達吉さまは昨夜はどこにいたの。あたしが源助さんに会ったときはお姿が見えなかったけれど」

「別のところを探索していたんだよ。もう少し早く俺が戻っていりゃあ……」

「あたしも余計なことをせずに済んだかな」

「そのとおりだ。出しゃばりやがって」

「余計なことじゃない」

源助だった。

「さっきも言ったけどな、本当に助かったんだ。俺一人だったらどうなっていたかわからない」

「では、本当にお役に立てたんですね」

「立ったさ。お前さん、人二人の命を救ったんだ。見事な芝居だったよ」

で、ひとつ訊きたいんだが、と源助は続けた。

「急いでいたのはわかる。だがどうして名乗らなかった？」

「どうしてって……」

あのときは咄嗟にその方がいいだろうと思ったのだ。でも、どうしてだろう。問いかけてみると、自分でも思いがけない言葉が口から出てきた。

「あたしは木戸芸者だから」

「木戸芸者だから？」

源助は不思議そうな顔をしている。

「木戸芸者ってのは裏方なの。木戸に立ってお客を呼び込むときは『京屋座』のらんでございますと挨拶はするけれど、小屋の顔はあくまでも役者。あたしは裏でそれを支えるだけ。だから外で自分の名前を売ったりはしない」

「だから昨夜も名乗らなかったのか」

「はい」

これでわかってもらえただろうか。

「なるほどな。へたに名乗りでもしたら、芝居とは別のところで『京屋座』に評判が立っちまう。そういうことか」

源助は感心したように、二、三度頷くと誘ってきた。

「昨夜の礼に団子でも奢（おご）らせてくれないか。したい話もあるんだ」

「白粉を塗ったままでいいんなら。このあとまだ出番があるから」

らんが今日塗っている白粉は普通の女の化粧とは違う。歌舞伎役者を真似た白粉だ。

「ここは両国だ。誰もそんなこと気にしやしないよ」

ならいいか。奢られるとしよう。

「はんへいひへふへはいは？」

団子を口に含んだ状態で訊き返す。

「食ってから答えろよ」と達吉がすかさず突っ込んでくる。

　縁台に載せた盆の茶をとって喉に流し込んだ。口が空になってから、向かいの縁台に座っている源助に尋ね返す。

「探偵してくれないかって？」

「そうだ」

　頷く源助に訊いた。

「探偵ってなに？」

「そこからかよ」

　達吉が「はあ」と額に手を当てる横で、源助が説明してくれた。

「怪しいやつがいないか、怪しいやつがいるとしたらそいつがなにかしないか、探ることだよ。ほかにもいろいろ気になることがあったら探りを入れてみる。これはなにかあるなと思ったら俺に教えてくれるといい。役に立ちそうな話なら相応の銭を出す」

「仕事ってこと？」

「まあ、そうだな。もちろん、お前さんには木戸芸者の仕事がある。片手間でけっこうだ。危ない目にはあわせないし、身に面倒が起こるようなことはない」

「裏の仕事ってことだね」

「そういうことになるな」

なんだろうとついて来てみれば、目明しの手伝いをしてくれないかという話だった。雰囲気から頼まれごとなんだろうなとは思っていたけれど、まさか探偵なんていう仕事だとは思ってもいなかった。

「でも、なんであたしに？」

訊きたいのはそれだった。昨夜は確かに源助の力になれたかもしれない。だが、あれはたまたま通りがかってそうなっただけだ。

「勘だよ」

「それだけ？」

「勘ってのはけっこう当たるんだよ。昨夜のお前さんの機転の利いていたこと。あれはなかなかできることじゃない」

あんなのは朝飯前なのだけど、褒めてもらって悪い気はしない。

「それに誰かと確かめてみりゃあ、芝居小屋の呼び込みときた。芝居小屋なら商売柄、いろんな客の顔を見るだろう」

「そりゃあね」

小屋には常連客もいればはじめての客も来る。日に何百人、多いと千人を超す客が木戸をくぐる。

「呼び込みをしていて、もし気になるようなことがあったら教えてほしいんだ」

「たとえば、どんなこと？」

「そうだな。たとえば、暇を持て余しているような顔をした武家は来ていないかとかな」

「昨夜の辻斬りのこと？」

「ああ。あれは武家だよ」

源助はどこまで知っているのか、こっちからも訊いてみたかった。

「あたしはたまたま通りがかっただけなんだけど、昨夜、源助さんと達ちゃんは辻斬りが出るのを知っていて、それで見回っていたの？」

「達吉さまと呼べ」と横で達吉がぶつくさ言ったが気にせず続けた。

「手伝えっていうなら、あたしにもわかっていることを教えてよ」

「ごもっともだ。実はな……」

聞かされたのは、女ばかりを狙った辻斬りの話だった。

「女を狙うとは卑怯なやつだが、どうもかなり腰が引けているようでな、いざとなると斬りかかれなかったり、もたもたしているうちに助けが現れたりして、いまだにことをなしちゃいないんだ。ひょっとすると憂さ晴らしをしているだけなのかもしれない」

「憂さ晴らしだからって、刀で人を脅すなんて……」

「ああ、夜鷹の中には恐ろしくて外に出られなくなった女もいる。転んで怪我をしたやつもいる。狂言だとしても放っておくわけにはいかない」

　辻斬りが出るのはだいたい二月に一度、新月の夜、つまり朔日だった。しかし新月は毎月ある。

「出てこない新月の晩はどうしているのかと思っていたら、同心様から本所で似たような話があると聞かされてな。本所といやあ吉田町の長屋だ。あそこには夜鷹の女たちが住んでいる。ははあ、なるほどと思ったよ」

「昨夜の女の人は夜鷹じゃなかったよね」

「きっとうまいこと夜鷹の女に出くわさなかったか、じゃなきゃ女たちに用心棒の妓夫でもついていたかで的を変えたんだろうよ。まあ、聞いていると腰の引けているところといい、逃げ足の速さといい、同じやつの仕業としか思えない。それで俺の縄張りじゃないが本所も回るようになったのさ。で、昨夜は本所が怪しいと睨んで橋を渡って見回っていたら案の定だ。あとはお前さんも知っているとおりだ」

「昨日の感じからすると、まだ若い人だよね。体が大人みたいにはできていなかった」

「提灯の明かりしかなかったのによく見てたな」

「あたし、けっこう夜目が利くんだ。耳もいいよ。土間でお客が何を話しているのか、じっと耳を澄ませていれば聞き取れるし」

「な、言っただろう。勘ってのはけっこう当たるってな。らん、お前、男だったら捕り方になれたぞ」

　にやりとする源助の横で、達吉が「ふん」と鼻を鳴らしていた。

「お前、本当は人の皮をかぶった狸か狐なんじゃないのか」

「うるさいなあ。源助さん、なんでこんなの子分にしているの？」

「こんなのとはなんだ！」

　腕をまくって立ち上がろうとする達吉を、源助が「座ってろ」と制した。

「話を戻そう。順序からすりゃあ、次にやつが出るのは両国だ」

「そうなるかな」

「賊ってのはな。悪事をはたらく前には必ず下見をする。いきなり両国に来て誰かに斬りかかるなんてことはしない」

「つまり、明るいうちから来て、どこでなにをするかあたりをつけるってこと？」

「飲み込みがいいな。その通りだ。木戸に立ってりゃ、芝居の客だけでなく広小路を見渡すことができるだろう。なにか気になることがあったら教えてくれ。俺は見回りに出ていないときは広小路の番屋か橋の下にいる」

「わかった。でも、ひとつお願いがあるの」

「なんだ。言ってみろ」

「次の新月の晩、あたしも一緒に見回りをさせて」

「危ねえよ。また出くわしたらどうする。いくら腰の引けているやつだって、追い込まれりゃなにをするかわからねえぞ。昨夜は本気で俺を斬ろうとしていた」

そうだ。だからこそ一緒にやりたいのだ。

「その辻斬り、まだ人を斬ってはいないんでしょう。本当に斬る前にやめさせたい」

「辻斬りに説法でもしようってのか。そんなに甘いもんじゃねえぞ。相手は武家だ。へたすると無礼者と手討ちにされて、それでおしまいだ」

「そのお武家様相手に捕物しようってんだから、源助さんもたいしたもんね」

「本当の捕物はお役人様の務めだ。目明し風情じゃお武家に縄をかけることはできない。できるのはいいところ頭巾をひっぺがして正体を確かめることくらいだ。それだって話のなりゆき次第じゃ、袖に触れたというだけでこっちがお咎めを受けちまう」

ひどい話だったけれど、これがこの世というものだ。さすがにそんな話はあまり聞かないが、武家が乱暴をしても町人は耐え忍ぶしかないのだ。よしんば誰かが裁くにしても、それはその武家の主家や奉行所であって、町人の出る幕ではない。

「だったらお役人様が出てくればいいのに」

「まだ誰も斬られちゃいないからな。同心様が言うには、暇を持て余したどこかの家の次男、三男あたりが火遊びをしているんだろうとのことだ。俺もたぶんそうだと睨んでいる。早い話、同心様は人が死なない限りは出てこないってことだ」

「でも、源助さんは誰も斬らせたくないんでしょう」

「そのとおりだ。たとえ無礼討ちにされてもとめてみせる。女を狙うやつは許せねえ」

奈落の源助は、噂通り女に優しい男らしい。

「わかった」

らんは頷いた。

「次の新月だね。あたしもそのつもりでいるよ」

「ああ。なんかあったら教えてくれ」

「見回りにも一緒させてね」

「いいだろう。ただし、危ない振る舞いはすんなよ」

「しやしないよ。あたしだって命が惜しいもの」

「兄貴い」と達吉がすがるように源助に言った。

「こんなやつに本当に探偵させるんですか。俺がいるのに」

「人手が足りないのはお前も知っているだろう。お前こそ俺のところにばかり来ていないで少しは寺子屋を手伝ったらどうだ。俺は面目なくてお前のおとっつぁんに会わす顔がねえよ」

「いいんですよ。寺子屋で童どもの相手をしているよか俺は兄貴の役に立ちたいんだ」

「しょうがねえ野郎だな」

ふっと源助が笑う。

(達ちゃん、源助さんに大事にされているんだな)

そう思って二人を見ていると、「なにがおかしいんだよ。話はしめえだ。とっとと団子食って小屋に戻れ！」と達吉が吠えた。

猿だけど、吠えるところは犬みたいだ。よしよし、とシロみたいに撫でてあげようか。いやでも、よしとこう。なめんじゃねえって嚙みついてきそうだ。

かわりに源助に訊いた。

「次の新月はいつ？」

「今日から数えて二十九日目の晩だ」

「わかりました」

一月あれば、少しは策を練ることができそうだった。

三

　夕方になり、顔の白粉を落として広小路から通りひとつ先にある裏長屋に帰った。表店の脇の木戸をくぐって長屋の路地に入ると、家々の竈(かまど)から炊事の煙が立っていた。どこかの家から香るめざしの皮が焼ける匂いに空いていた腹がきゅうと鳴った。

「お帰り」

　先に帰っていたおはなが竈で湯漬けをこしらえていた。その日にもよるが、二人とも仕事が終わるのはだいたい日暮れ前。夕餉の支度は、どちらか先に戻った方の仕事だ。

「おはなちゃん、今日は早かったんだね」

「うん」

　頷きながら、おはなは鍋の中の湯漬けをへらでかきまわす。同じ湯漬けでもただ湯をかけるのではなく、雑炊のように一度こうして鍋で火にかければ朝に炊いた冷や飯でも芯から熱々になる。

「ちょうどできたところ。食べよう」

「ありがとう」

　水桶の水で手を洗い、湯漬けと焼いた鯖(さば)の干物、それに沢庵(たくあん)が並ぶ膳についた。干物はほぐして湯漬けにのせる。すると塩気と魚の旨味が滲み出て、ただの湯漬けがご馳走になる。

「この鯖、どうしたの？」

女二人、普段から質素な暮らしをしている。夕餉に魚がつくことは珍しい。

「馴染みのお客さんがくれたんだ」

「さすが看板娘」

おはなの仕事は矢拾いだ。矢場とも呼ばれる楊弓場で的を射て遊ぶ客のために、外れた矢を拾ったり、茶を出したりする。お客の中には矢遊びよりもおはな目当てに来る人もいる。実のところ常連客の大半はそれだ。早い話が水茶屋の看板娘と同じ。矢場も器量良しの娘を売りに客を集めているのである。

ただし、水茶屋と矢場では違うところがある。

「奥に供したら鯖でなく鯛をくれるって」

澄ました顔でおはなが言った。らんは持ち上げかけていた湯漬けの椀を宙でとめた。

「うんって言ったの？」

「まさか。鯛なんかじゃ釣られませんよって答えたら、猫みたいにつれない女だなって笑われた。いや、猫だって鯛には釣られるぞ、とかなんとか言っていたけど」

「断ったんだね。誰なの、そのお客」

腹が立った。椀を膳に戻して訊いた。

「堺屋の若旦那」

「その人、知っているんでしょう。おはなちゃんの店はそういうのなしだって」

矢拾いとは表の顔。矢場で働く多くの若い女は客に春を売る。だけど、おはなの店ではそれを禁じていた。

「いい人なんだけどね。心根がいいのと助平なのはまた別なんだよね」

普段はあまり店でのことを口にしないおはなだけど、言い寄ってくる男は山といるのだろう。

(無理もないな。矢場にはもったいないような美人だもの)

つぶし島田の結綿にした髪は若い娘がよくするものだが、その下にある顔はそのへんの娘とはわけが違う。ほっそりとした顔や首は、猫というより白狐といった感じ。白粉など要らぬくらいの白い肌に、すっと通った鼻筋。薄い唇に切れのある涼しげな目元。そういったものすべてが発する色香。毎日、一緒にいるらんですら惚れ惚れするようなおはなだから、男たちが夢中になるのは無理もない。

「ねえ、おはなちゃん。矢場で働くのはそろそろやめにしない？」

おはなが矢場の仕事を始めたのは三年前だと聞いている。母親が病がちだったため、食べるためには娘のおはなが体を張って働かねばならなかった。矢場には誰かの口利きで入ったと聞いている。三年も働けば、義理も返せたのではなかろうか。

「やめるって、なんで？」

「おはなちゃんが心配だよ。年頃なのに」

「年頃なのはらんちゃんも一緒でしょう」

「あたしはいいの。こんな芸人に言い寄ってくる男の人はいないから」

「ふふ。大丈夫よ」

「なにが大丈夫なの？」

「そのうち、そんなお前がいいんだって人が現れるから」

「いまはいいよ。ていうか、聞いてよ。現れたっていえば現れたんだよ」

帰ったらいちばんに話そうと思っていたことだった。

「現れたって？」

不思議そうに小首を傾げるおはなに、源助と達吉が自分を訪ねてきた話をした。

「そう。で、目明しの手伝いをすることになったというわけ？」

「うん」

危ないことはするなと叱られるかもしれないなと思っていたけれど、おはなは「ふうん」と感心したような顔をするだけだった。

「いいんじゃゃない。目明しの親分と仲良くしていれば、なにかと助かることもあるでしようから」

「おはなちゃんにも今度紹介するね」

「奈落の源助さんでしょう。うちの店にもときどき見回りに来るから顔くらいは知っているわよ」

「そうなんだ」

「まだ若いけど、面倒見のいい人よね」

きっといいのだろう。でなければ達吉があんなになつきはしないはずだ。

「ただし」とおはなは見据えるような目を向けてきた。

「危ないことはしないでね」

やっぱり言われた。

「はあい」

ここは素直に返事するしかない。

話し終えて、ふと自分の話ばかりしていたことに気がついた。

「ごめん。おはなちゃんの仕事の話をしていたのに」

「ううん、全然。らんちゃんの話の方がずっとおもしろいからいいの」

「あたしっていつもこうだよね」

「わたしはらんちゃんの話を聞くのが好きだよ」

「でも、あたしばかり」

「そんなこと、気にしなくていいの」

おはなはふっと笑って食べかけの椀に箸をつける。らんの椀は空っぽだ。源助のことを話しながらも、いつの間にか食べきっていた。

「湯屋に行く支度をするね」

「うん」

埃が風に舞いやすい広小路で働いていると、湯屋は欠かせない。二日に一度は入る。本当は毎日入りたいくらいだが、そこまで贅沢はできない。

浴衣を出そうと簞笥に行くと、壁に弓が立てかけてあるのに気がついた。

「この弓、お店のでしょう」

弓といっても矢場で遊びに使う弓だから小さなものだ。源平合戦の昔に武者が引いていた背よりも長いようなものとは違う。

「うん。古くなってしまったんでね。喜一ちゃんたちにあげようかともらってきたの」

見ると、矢も何本かあった。

「危なくないかな」

「人に向けては駄目と教えれば大丈夫でしょう。鏃もとって綿を当てておくつもり」

「それなら心配ないね」

客にはつれないところを見せているおはなだけれど、長屋の子たちには優しい。喜一ちゃんというのは、同じ長屋にいる、父親のいない男の子だった。

らんが赤子のときに母を亡くしたように、おはなもまた父親とは暮らしたことがない。その父親が生きているのか、死んでいるのか、二月も同じ屋根の下で暮らしながら、らんはおはなに訊けずにいた。おはなが自分から語らないということは、触れてほしくないのだろう。

一度だけ、一緒に暮らし始めた頃に、「おはなちゃんのおとっつぁんは？」と尋ねたことがある。京兵衛が世話になったと聞いていたからだった。おはなは「さあ」と答えたきり、あとは黙って笑みを浮かべた。いまならわかる。触れられたくないことやなにかいわくがあることに話が及ぶと、おはなはいつもにこりとしてそれ以上は話さなくなるのだ。このときもそうだった。

おはなが食べ終えたところで膳を下げ、湯屋に出かけた。

両国広小路は北が神田川（かんだがわ）、東が大川に面している。

まわりは町屋だが、すぐそばに大名屋敷や郡代の屋敷がある。両国橋のたもと近くには公方様（くぼう）が舟に乗るときに使う御召場（おめしば）もある。橋を渡れば、これまた武家の屋敷が並ぶ本所だ。盛り場の広小路には、こうした武家の人たちもよく遊びに来る。

源助から話を聞かされたせいか、木戸に立ってもこのところ武家の姿ばかりが目につくようになった。

こうしてあらためて見てみると、江戸という町には武家が多い。前に京兵衛から聞いたところでは、江戸に暮らしている人のうち、半分は武家やそのゆかりの者だという。目につくのは当たり前だ。

困ったのは、そのなかから怪しい人物を見つけ出さなければならないことだ。

今日も木戸で呼び込みをしながら、どこか挙動のおかしい武家はいないかと思って道行く人たちを見ていたが、とくに心に引っかかるような人物はいなかった。だいたい悪事を働くのに自分が下手人ですといった顔をしている人などいるわけがない。怪しいと思えばみんな怪しく見えるし、怪しくないと思えば誰も怪しくない。

(源助さん、これは難しいよ)

一日木戸に立っただけで、いかに無茶な話をされたのかがわかった。毎日、気をつけて見張っていれば、そのうちなにか起きるかもしれないが、そうなるともう運任せの世界だ。

答えはすぐに出た。

辻斬りの尻尾をつかむのは厄介だ。

となると、次の策を練った方がいい。

できれば誰かに相談したいところだった。源助から口止めされたわけではないけれど、小屋の人たちにはまだ探偵の話はしていない。

（座元に話してみようか）

思ってみて、すぐに駄目だとかぶりを振った。自分も人のことは言えないが、京兵衛はざるだ。しかもかなり目が粗い。吹聴してまわられたら、とてもじゃないが探偵なんてできそうにない。それどころか逆に辻斬りにこちらの正体が知られてしまうかもしれない。

駄目だ駄目だ、座元に話すのは悪手だ。

蓆張りの向こうから響く役者たちの声を聞きながら、らんはさらにかぶりを振った。

こういうときは気分を変えた方がいい。見世物小屋でシロの頭でも撫でよう、と小屋を出た。

「こんにちは」

筵をくぐって獣部屋に入ると、権太の背中が見えた。

「おう、らんか」

「権太さん、シロは？」

「見世物に出しているよ。そろそろ別のやつと交替だ」

「そっか」

そこで「ん？」と気づいた。

「なに抱っこしてんの？」

「こいつか」

振り向いた権太の腕の中に、子狼だった頃のシロみたいに真っ白ななにかがいた。らんの声に反応して、その白いなにかがもぞもぞと動いて顔を出した。

くりくりとしたつぶらな瞳に黒い鼻、耳の縁だけが茶色い動物だった。

「かわいい！　犬？　狼？」

「狸だよ」と権太が笑った。

「狸？　こんな白い狸いるの？　はじめて見たよ」

「珍しいだろう。だからうちに来たんだよ。じゃなきゃももんじ屋で食われちまうところだった」

「毛を白く塗ったわけじゃないよね」

「違う。本物の毛だ。俺もはじめて見た」

「シロみたいに大人になったら色が変わったりして」

「いや、こいつはもう大人だ。たぶん白いままだろう」

らんに興味があるのか、白狸は体をひねって権太の腕から抜け出したがっていた。

「抱っこしたい！」

「こいつもされたいみたいだ」

ほら、と権太が白狸を寄越した。胸に受け止めた。くんくん、とらんの顎に鼻を当ててくる。

「この子、人に慣れているね」

「ああ、もしかしたら誰かに飼われていたのかもな」

「昨日、あたしが来たときはいなかったよね」

「うん、昼を過ぎた頃かな、在所で罠にかかったとかで、その村の青菜売りが持ってきたんだ」

「そっか、あんた罠にかかっちゃったのか。怪我しなかったかい？」

頭を撫でてやると、白狸はその手をぺろっと舐めた。

「やっぱり人慣れしているね。飼い主がさがしているんじゃないかな」

「ここで見世物にすりゃ噂になるだろう。もし飼い主が出てきたら返すつもりだよ」

「なんで罠なんかにかかっちゃったんだろうね」

「鹿用の落とし穴に落ちていたらしい。体が小さいから杭に刺さらずに済んだみたいだな」

「ふうん」

白狸の毛ざわりを感じながら、なにかが頭のなかで閃いた。

「権太さん、行くとこができた。ありがとう」

白狸を権太に返す。

「もうすぐシロをこっちに戻すぞ」

「またあとで、来られたら来るね」

じゃあ、と見世物小屋をあとにした。楽屋に戻って、今日の出番がないことを確かめた。白粉を落として外に出ると、広小路は夕方の賑わいのなかにあった。

（源助さんはどこかな）

番屋に行ってみたがいなかった。ならばと大川の岸辺に足を向ける。小さな崖になっているところから橋のたもとを覗きこむ。

（いた）

橋の下に、支柱に寄りかかって空を見上げている源助の姿があった。腕を組んで、なにか考え事をしているように見えた。本人が言っていたとおり、番屋にいなければ橋の下にいるらしい。

源助から十間（約十八メートル）ばかり離れたところで、達吉が小石を川に投げていた。いかにも暇そうだ。

「おーい、源助さーん、達ちゃーん！」

手を振って、下りやすい場所から岸に下りた。

こっちに気づいた源助が「どうした」と組んでいた腕を解（ほど）いた。

「本当に橋の下にいるんだね」

「水辺にいると落ち着くんだよ。前世は河童（かっぱ）だったのかもな」

「あはは。あたしも川の眺めは好きだよ。気持ちが大きくなる」

「俺もだ」

二人で話しているところに、達吉が戻ってきた。

「小屋の仕事はどうしたんだよ」

「今日はもうしまいよ。おかげさまで大入りです」

「そりゃよかったな。こっちはくさくさしているっていうのに」

「どうしたの」

達吉はすぐには答えず、源助を振り返った。

「兄貴、こいつに話してもいいんですか」

「もう喋（しゃべ）っちまっているだろう」

源助は支柱に預けていた体を起こすと、らんと達吉の横にきた。

「同心様が苦い顔をしていてな。一昨日の一件、どうして賊を取り逃がしたのかってな」

「そんなにきつく叱られたわけじゃない、苦言を呈されたってとこだ」

「でも、ひでえと思いませんか」と達吉が口を尖らせた。

「兄貴は同心様が出張ってくれねえから自分だけで本所まで見回りに行ったんですよ。おまけに賊まで見つけたっていうのに、ねぎらうどころかお叱りとは」

「仕方ねえんだよ。とうの同心様も上役にねちねち言われたみたいだからな」

源助はあきらめた顔で笑っている。

「どういうことなの。なんで源助さんが叱られなきゃいけないの。むしろあの女の人を助けたんだからお手柄じゃない」

なんだかよくわからない話だった。昨日、源助から聞いたところでは、この件に関して同心はあまり真剣には考えていない様子だったのに、今日になって急にそれを言い出すとは。

「そのお女中だよ」と達吉が言った。

「あの人、ずいぶん大身の旗本屋敷のお女中だったたんだ」

「そうだったんだ」

「そうだったんだ、じゃねえよ。その偉い人が怒ったかなんかして奉行所にねじこんだんだよ。本所で辻斬りなんかを好きに歩かせるんじゃねえって。捕り方はなにしていたんだってな。なにをしていたもなにも、こっちはお女中を助けてやったのによ」

「やめろ」と源助が達吉を止めた。

「達吉、滅多なことを言うもんじゃない。どこに誰の耳があるか知れたもんじゃねえぞ。無礼な口の利き方はなしだ」

「だって兄貴……本当なら兄貴は褒美をもらってもいいところなのに」

「お女中の命が救えた。俺にはそれが褒美だよ」

「かっこよすぎるぜ、兄貴は」

「ははは。かっこくらいつけさせろ」

今朝、源助は八丁堀にある雇い主の同心の屋敷に顔を出した。すると、いつもは呑気な顔をしている同心が、苦虫を噛み潰したような顔をしていたのだという。

同心は前の日の夕刻、上役の与力に呼ばれて、去年の夏頃から出没している辻斬りについて訊かれた。辻斬りといっても実際に斬り殺された者はなく、おそらく狂言の類ではないか。以前に訊かれたときもそう答えて「ならば捨て置け」と言われたので今回も同じ言葉を繰り返すと、「馬鹿者！」と与力の雷が落ちた。

「お前がぐずぐずしているうちに太田様のご家中にまで危害が及んだのだぞ！」

件の旗本はよほど高位らしく、その名を聞いただけで同心は震え上がった。

「それでしたら、わたしのところの目明しが助けに入って事なきを得たと聞いております」

ちょうど源助から報告があったところだった。

「そこまで追い詰めておきながら何をしていた」

さすが手抜かりがないな、と褒められるかと思ったら叱られた。そして約束させられた。

「次に辻斬りが出たら、二度とかような真似をさせぬようにせよ」

そして同心は今朝、源助に同じことを申し付けた。命じた、というよりも「どうにかできないものか」とすがってきた。

「というわけだ」

「じゃあ、次こそは絶対に捕まえなきゃいけないんだね」

らんが言うと「いや」と源助は眉を下げた。

「同心様の、いや与力様の命か、縄にかけちゃいけないんだ」

「は？」

どういうことなのか。

「二度とかような真似をさせぬように、っていうお達しなんだよ」と達吉が付け足した。

「はあ？」

ますますわからない。合わせるように橋の欄干の上にいた鴉が「カア」と啼いた。

「八丁堀の旦那方は及び腰なんだよ。俺たちの話を聞いて、辻斬りが武家だってのはわかった。言っちゃ悪いが同じ武家でも八丁堀の旦那方は身分が低いからな。間違って捕まえて、相手がもし自分たちよりずっと偉い人だったらと思うとおっかなくて縄をかけることができないんだよ」

だから、と達吉が続ける。

「今度も同心様は出ばらねえ。俺たちだけでやれっていうんだ」

「そんな無茶苦茶な」

「だろう。ねえ、兄貴、こいつだってこう言っているんですよ。こんな無茶な話、あってたまるもんかい」

達吉はよほど腹に据えかねているのか、川に向かって唾を飛ばしている。

「まあ、そう怒るな」

源助は落ち着いていた。

「無茶な話ってのはあるんだよ。そんなもんにいちいち目を剥いていたら目明しは務まらねえ。お前が嫌だったら、次の新月の晩は来なくていいんだぞ」

「そんなこと言わないでくれよ。俺も一緒させてくれよ」

「いや、真面目に言っているんだ。こんなお役目を授かった以上、次は立ち回りになるだろう。お前はまだ若いんだ。太刀の前には出るな」

「兄貴だってまだ二十四じゃないか」

「源助さん、どうするつもりなの」

訊かずにはいられなかった。

「できれば捕まえて諭す。話の通じる相手かどうかはわからないがな。お手討ちは覚悟だ」

「そんなのないよ」

「これは俺の勘ぐりだが、同心様はともかく、与力様あたりは本当は何か知っているのかもしれない」

「何を知っているの」

「相手がどこの誰かをだ。定かとまではいかないまでも、あたりはついているのかもしれない。へたに辻斬りの方も大身の旗本だったりした日にはお家同士が争うような大ごとになっちまう。だから出てこないんだ。なあに、目明しの命ひとつくれてやりゃあさすがに収まるだろうよ」

「馬鹿なことを言わないでよ」

「そうだ！」と達吉が吠えた。

「なんで八丁堀の腰抜け役人のために兄貴が命をくれてやらなきゃなんねえんだよ」

「言い過ぎだ。口が裂けてもこんなところでお役人様方を悪く言ったりするな」

それにな、と源助は達吉の肩に手をのばした。

「俺が命を懸けるのは、申し訳ないが奉行所のお役人様方のためじゃない。あいつらのためだよ」

源助の目線の先に、早めに出てきた夜鷹だろうか、女の姿があった。

「どんな商売だろうと、毎日を必死で生きているやつのためにだったら、俺はこの身を張ることを厭わねえよ。おっと、またかっこいいこと言っちまったな」

源助は照れ笑いを浮かべたかと思うと、すぐに口元を引き締めた。

「それよりもだ。次の新月の晩、あの賊とうまく出くわすことができるかどうかだ。一昨日だって当てずっぽうに歩いていて会えただけだからな」

夜鷹を狙うにしても、大川の岸辺のどこに現れるかは知れない。見通しのきかない新月の夜だ。数間離れているだけでも、人や物の形など闇に紛れてしまう。といって、提灯で照らしまくっていたのでは怪しまれる。賊は光を嫌う。

「それなんだけど、あたしに考えがあるんだ」

「考え？」と源助と達吉がらんの顔を見た。

「うん」

らんは頷いた。

「罠を仕掛けるの」

四

月が明けて卯月(うづき)になった。

樹木の少ない両国広小路にも、神田川沿いの柳にとまったウグイスの啼き声が聞こえる。春はうまく啼けなかった鳥たちも、いまでは「ホーホケキョ」と上手に啼く。江戸っ子が何より楽しみにしている両国の川開きまで、あと二月もなかった。

いよいよこの日が来た。今日は月初めの朔日、つまり新月だ。

この一月(ひとつき)、本所で会った辻斬りと思(おぼ)しき者は両国はもちろん、知る限りではどこにも現れていない。

出るとしたら、やはり今夜だろう。

芝居の幕が閉じて楽屋の横の道具部屋に行くと、道具方の米蔵(よねぞう)が頼んでいたものを用意して待っていてくれた。

「これだ」

衣装箱の上に置いてあったのは鎖帷子(くさりかたびら)だった。首から腰の下までを覆う防具だ。

「ありがとう、米蔵さん」

持ち上げてみると、腕にずしっと重みが加わった。

「重いねえ」

「本物はもっと鉄が厚くて重いぞ。こいつは芝居のための拵え物だからな、本物よりは軽いんだ。それでもみんな着るのを面倒がって素網でごまかしてんだけどな」

「本当にあたしが使っていいの」

「もう十何年も誰も着やしなくてお蔵入りしていたものだ。好きに使っていいぞ」

米蔵は、二十年ほど前に『京屋座』が旗揚げしたときからの道具方だ。歳は六十を過ぎている。小道具から大道具まで、小屋の道具に関しては生き字引みたいな人だ。

「座元には？」

「誰にも喋っちゃいないよ。どうせその方がいいんだろう？」

「へへ。さすが米蔵さん、わかっているね」

「そりゃあな」と米蔵が笑った。

「お前が童の時分は遊び道具を作ってやったりしたもんだ」

「忘れていないよ。道具もいろいろ貸してくれたもんね」

子供の頃、米蔵の道具部屋は遊び場だった。竹光の刀に偽の千両箱、なんでもかんでも触らせてもらっては遊んだ。手先の器用な米蔵は、らんのために拳玉やずぼんぼなどの玩具もよく手作りしてくれた。さすがに大きくなって甘えることはなくなっていたけれど、こうやってひさしぶりに頼みごとをしてみると米蔵は昔と少しも変わらず優しかった。

「こんなもの、何に使うんだ？」

訊かれるのは当然だった。

「夜道で着ようと思って。最近、辻斬りが出るっていうからさ、物騒じゃない」

米蔵に嘘はつきたくない。だから本当のことを言った。

「辻斬り？　ああ、そういや前に夜鷹が襲われて腰を抜かしたとかいう話を聞いたな」

「うん。湯屋の帰りとかに襲われたら怖いじゃない」

「それで鎖帷子か。ずいぶんな用心だな。だが用心するにこしたことはねえな。いいよ、持って行け。それはくれてやる」

「貸してくれるだけでいいんだよ」

「いいや、どうせ使わずにいたものだ。この先も使わないだろう。京兵衛には黙っておくが、まあ、ばれたってどうってことはねえ。だいたいそんなものがあること自体、京兵衛は忘れているだろうよ」

「恩に着るよ、米蔵さん」

「気にすんな。お前に頼まれるのもひさしぶりだからな」

米蔵の顔から、すっと笑みが消えた。

「どうなんだ、暮らしは？」

「楽しくやっているよ」

「ならいい。まさか五平があんな早く逝っちまうとは思わなかったからな」

ふう、と米蔵はため息をついた。

「すまなかったな。あの日は俺が腰を痛くしてて、五平の助けを借りたんだ。重いものはあいつが運んでくれてな」

父が転んで頭を打ったのは、舞台で使っていた籠を運んでいるときだった。

「米蔵さん、それは言いっこなしだよ。あんなところで足を滑らせて転ぶおとっつぁんの方がいけないんだ」

「運が悪かったといやあそれまでだが、どうにも五平に申し訳なくてな」

「天命だったんだよ。あたしはそう思っているよ」

だから、と頼んだ。

「米蔵さんも気にしないで。おとっつぁんも米蔵さんには昔から世話になっていたんでしょ。感謝こそすれ恨んでなんかいやしないって」

考えてみればこのところ、米蔵と二人きりになって話をすることなどなかった。米蔵は五平の死をずっと気に病んでいたのかもしれない。

「お前は俺にとっても孫みたいなもんだ。なんかあったらいつでも言ってくれ。ここの給金じゃ銭は出せねえけどな、多少の無理は聞くぞ」

「ありがとう。なにしろ座元は吝（しわ）いからね」

「ああ、あんな吝いやつはいねえよ。五平の葬儀は派手に出したけどな、ありゃあ半分は自分の評判を上げるためだ」

「そこまで言っちゃかわいそうだよ」

かばいながら（あり得る）とも思えた。

「ま、吝いことを除きゃいいやつなんだ。じゃなきゃ俺もこんなところにいやしねえよ」

嘘じゃないだろう。らんにしても、いまこうしていられるのは京兵衛のおかげなのだ。

米蔵は風呂敷を広げると鎖帷子を包んだ。

「夜道で使うのはいいが、自分から物騒なことには首を突っ込むなよ」

なにか気づかれたのか、念を押された。

「うん」

これより先は明かすわけにはいかなかった。

心の中で「ごめんね」と「ありがとう」を繰り返しながら風呂敷を受け取って道具部屋をあとにした。

広小路に出ると、西の空が茜（あかね）色に染まっていた。

日の長い季節だが、夜は近い。

おはなには、今朝長屋を出るときに「今晩は遅くなる」と告げてある。

「新月の晩だものね」

おはなは頷くと、「気を付けるのよ」とだけ言った。

江戸随一の盛り場である両国だ。夜になっても人は引けない。木戸が閉まる夜四つ(午後十時)までは広小路の往来は絶えない。辻斬りが出るとしたらそのあとだろう。

待ち合わせ場所に約束した番屋では、源助と達吉が座敷に座って夕餉の握り飯を頬張っていた。

「お前も食え」と笹の葉に載った塩むすびを出された。

「いただきます」

座敷に腰をかけ、握り飯を食べながら段取りについて話した。

「こっちは万端整っているよ。源助さんの方はどう？」

「ああ、女たちには今日は河岸には出るなと言っといたよ。妓夫の男どもは渋っていたが、女たちはみんな承知してくれた」

「よかった」

「でもよ、お前、本当にやる気なのか？」

達吉が茶をすすりながら訊いた。

「兄貴と話したんだ。俺がかわりをやろうかってな」

源助も無言で頷いた。

「あたしがやるよ。だって達ちゃんじゃ、背丈はともかく色気がないもの」

「色気がなくて悪かったな」

「それに女の声なんか出せないでしょ」

「真似くらいできるぞ」

「真似じゃ駄目だよ。偽物だってばれちゃうじゃない。気づかれて逃げられちゃうよ」

「だからって、お前が危ない橋を渡らなくても……」

「心配してくれてんのね。ありがとう」

そう言うと、達吉は「ちっ」と舌打ちした。

「心配してんじゃねえよ。女の手を借りるのが癪に障るだけだ」

嘘だというのがわかる。達吉も源助もらんの身を案じているのだ。

夜鷹に化けて、辻斬りをおびき寄せる。

これがこの夜のはかりごとだった。

早い話、罠にかけるのだ。罠にはめ、辻斬りが寄ってきたところでまわりを囲み、取り押さえる。

そのために、両国を縄張りにしている夜鷹には今晩は商売に出ないようにと言い渡した。これは女たちに顔のきく源助の仕事だった。夜鷹が一人しかいなければ、辻斬りもそこに行くほかないと考えたのだ。

名案だったが、最初に打ち明けたとき源助はしかめ面をした。

「お前になにかあったらどうする？」

「心配ないよ。あたし、足は速いんだ」

童の頃から駆け回っていた河岸だ。いざ斬りかかられても転ばずに走って逃げる自信はあった。

「それでもなにかあったらどうする」

たたみかけてくる源助に答えた。

「源助さんと達ちゃんを信じている」

「……しょうがないな」

源助は不承不承承知してくれたが、やはりできればらんに囮役をさせたくはないと今日になっても考えていたようだ。

らんは源助に向き直った。

「源助さん、心配ないよ。あたしも馬鹿じゃない」

馬鹿だろ、と横から達吉の声が聞こえた。無視した。

「ほら、これ見て」

立ち上がって、両手で着物の胸を開いた。

「うわっ、なにすんだ！」

驚いた達吉が手で目を隠した。

「それは？」と源助が確かめるように身を乗り出した。

「念のため鎖帷子を着ているの。籠手や臑当もしている。頭はさすがにかぶるわけにいかないから晒しているけどね」

手を離した達吉が「なんだよ。鎖帷子か。びっくりしたじゃねえかよ。俺はまたぺったんこの胸でも晒すのかと……」と笑った。

「失礼ね。こんなところで肌を晒すわけないでしょ」

「いや、俺たち相手に夜鷹の稽古でもすんのかと……」

「源助さん、この馬鹿、大川に突き落としてもいい？」

「馬鹿とはなんだ、この馬鹿！」

馬鹿はほっといて話の続きをした。

「斬りかかられてもすぐにはやられない。あたしが時を稼ぐから、源助さんたちは必ず賊を捕まえて」

「わかった。いい覚悟だ」

源助が座敷から立ち上がった。

「じゃあ、念のため、最後の段取りを組みに行くとするか」

「そうね」

達吉も「よっしゃ」と立ち上がった。

「辻斬りの野郎、きっと腰抜かすぞ」


夜四つ。さしも賑やかな両国広小路も人通りが絶えている。

薦張りの店々も筵を下ろしている。これが川開きのあとの夏本番となれば夜が更けても遊んでいる人たちが見られるが、いまはまだそこまでのお祭り騒ぎとはなっていない。家に帰らず遊びたいという客はこの時間でも三味線が鳴りやまない吉原(よしわら)へと流れている。

地上が静けさに包まれていくなか、大川の上には満天の星が輝いていた。

「おい、いくらだい？」

広小路からわずかに土手を下った河岸にいると、闇のなかから男の声がかかった。

「百文」

返事に「ちっ、高すぎるぜ。十文でいいだろう」と舌打ちする声が聞こえる。

「冗談はやめておくれ。十文じゃ蕎麦も食べられないよ」

「それじゃあ十六文だ。二八を食わせてやるよ」

「お兄さん、あたしは百文だって言ったよ」

少し声を大きめにする。離れたところからでも聞こえるだろう。

「夜鷹の分際でずいぶんお高くとまっているな」

男の声も大きくなる。

「あたしも体を張ってんのさ。百文って言ったら百文。びた一文まけられないよ」

「わかったよ。ごめんだよ」

「別にあんたが嫌なわけじゃない。百文持って出直しておいで。あたしはここにいるからさ」

「けっ、知らねえよ」

ぶつぶつ言いながら、男は背を向ける。

「しけた夜だぜ。他に誰かいねえのかよ」

「知らないね。さがすといいよ」

「冗談じゃねえ、こんな暗い晩に出てきた俺が馬鹿だったぜ。とっとと家に帰ろう」

男が土手を登って離れて行く。

(達ちゃん、なかなか芝居がうまいじゃない)

気配の消えていく達吉を、声には出さずに褒める。

近くに辻斬りがいれば、いまのやりとりが聞こえただろう。年増の女が多いこのあたりの夜鷹は、素顔を隠すために提灯を持たずに白い頭巾をかぶる。今日のように闇が深い晩は遠くからではどこに誰がいるかわからないので、達吉を相手に一芝居打ったのだ。

　さあ、どう出るか。

　賭けだった。夜鷹をさがしているのは辻斬りだけではないはずだ。本物の客に来られると面倒だった。どうにかその前に辻斬りに現れてほしい。

「もし、どなたかいませんか」

　岸辺をぶらぶら歩きながら当てずっぽうに問いかけてみた。

「もし……」

　川舟をつなぐ栈橋のたもとまで来たところで、栈橋の上に誰かがいることに気がついた。

「あら。そこにどなたかいるの？」

　相手は黙っている。いつからここにいたのだろう。夜鷹が現れるのを待っていたのかもしれない。

「よかったら遊んでいかない？」

　艶（つや）のある声で誘ってみた。

「一人か？」

　やっと相手が口を開いた。

「見ての通りさ。いつもなら連れと橋を渡って来るんだけどね。みんな月のない夜は嫌がって外に出ないのさ」

「なぜだ」

抑えたような低い声だった。

「そりゃあ、暗いからね。夜が仕事のあたしたちだってあまり暗いと怖いのさ」

それに、と続けた。

「辻斬りでも出たら恐ろしいからね」

空気が揺らいだ。相手が桟橋から下りてきた。

思わず一歩引いた。

「なぜ下がる？」

「ああ、いや。どう、遊んでいかないかい。百文だよ」

（しっかりしろ、あたし）

退いてしまった自分を叱咤した。

「銭がほしいのか？」

目がだいぶ慣れてきた。相手の男は頭巾をかぶっている。らんがつけている白頭巾とは違い、黒かそれに近い暗い色の頭巾だった。

「当たり前じゃないか。こちとら商売だよ」

答えながら、男の右腕が腰にまわったのがわかった。

「銭のかわりに、これはどうだ」

刀身が鞘をこする音がした。刀が抜かれた。「えっ」と驚いた声をあげた。

「お侍様、おたわむれを」

「やっと相手が誰かわかったか。ずいぶんな口の利きようだったな」

わざと低くして年配に見せかけようとしているが、地声は澄んでいる。まだ声変わりして何年も経っていない声だった。

「暗くてよく見えなかったのです。お侍様とわかっていれば声などかけませんでした」

早口で弁明した。

男がじりじりと距離を詰めてきた。

狂言だと思っていたが、いざ目の前で抜かれると真剣には迫力があった。

「……舐めおって」

いままでとは違う、隠していた本音が出たような声だった。

相手は若い。思ったよりもずっと若い。そう確信できた。

ここで下がりすぎてはいけない。へたに逃げるそぶりを見せれば一気に斬りかかってこられそうだ。

逆の手に転じよう。

「ふふっ」

らんの笑い声に、相手が戸惑った。

「なにがおかしい」

「お侍さんでしょう。月のない夜にしか出てこられない臆病者の辻斬りってのは」

「なんだと」

「ああ情けない。女を脅かしてなにが愉快なのか」

「この無礼者！」

辻斬りと言われて否とは言わない。

間違いない、一月前の本所にいた男だ。

「覚悟しろ！」

男が太刀を振りかぶった。

「**たわけ！**」

太い声に、男の動きが止まった。

「**武士ともあろうものが、遊女相手になにをしておる**」

目の前の女が発した声に、男はなにが起きているのかわからぬようだった。

「な、何者だ」

男の困惑が伝わってくる。こちらを勝手に夜鷹に化けた誰かと勘違いしているのがわかる。頭巾で顔を隠しておいてよかった。

いまだ。

頭巾に指を突っ込み、髪にさしていた呼子笛をくわえた。

ぴぃいいっという高い音が夜空に鳴った。

「なに！」

河原を蹴る音がしたかと思うと、背後から風のようになにかがやってきた。跳躍したそれが、男に飛びかかった。

「うわあっ！」

狼に体当たりされた男が、尻もちをついた。

「な、なんだ、こいつは！」

高い声だった。

男の向こう側に着地した狼が振り向いて「ぐうう」と唸った。

「ひっ」

辻斬りは慌てて立ち上がると、桟橋の先に向かって走り出した。

「逃がすな！」

闇に権太の声が響いた。シロが桟橋を飛ぶように駆けた。たちまち辻斬りに追いついた。

どぼん、と音がしたと同時に水しぶきが跳ねた。

「シロ！」

らんは頭巾をはずし、権太と桟橋を走った。シロは板の上で待っていた。隠れていた源助と達吉も駆けてきた。

「落ちたのは賊か」

「そう！」

「あそこか！」

辻斬りがばしゃばしゃと音を立てている場所めがけて、源助が桟橋を蹴った。「兄貴！」と達吉も川に飛び込んだ。「お前はいい！」と権太が続こうとしたシロの首に抱きついた。

泳げないのか、それとも気が動転しているのか、賊は「あああ」と声をあげながら手足をばたばたさせている。そこに源助と達吉が組みついて両脇を押さえた。

「しっかりしろ！　膝より少し深いくらいだ。童でも溺れねえぞ！」

源助が怒声を浴びせると、男はよろよろと自分の足で立ち上がった。手に太刀はない。濡れた頭巾を源助がひっぺがした。

「なんでえ、まだ青いじゃねえか」

岸に上がったところで、源助は男を座らせた。観念したのか、それともいまの一幕で疲れ切ったのか、男ははあはあと息をしていた。

暗がりに慣れた目が、男がまだ元服から間もないような若者であることを教えてくれた。

「なんでこんな馬鹿な真似をしているんだ」

源助が詰問した。

「し……知らぬ」

小さな声だった。

「知らぬなら知らぬでいいさ。俺が知っていることを教えてやる。近頃、月の出ない夜に辻斬りまがいの賊が出ていてな。お奉行様からそいつをなんとかしろとお達しが出ているのさ」

「知らぬ」

「俺が勝手に喋っているだけだ。先月は本所で太田様の女中が襲われてな」

太田様、と言われて若者の肩がびくりと動いたように見えた。太田様といえばらんでも知っている。本所に屋敷を構える旗本のなかでもかなりの大身だ。確か同じ名前の大名もいる。

「太田様はえらくご立腹だそうだ」

「わ、わたしではない」

「なら結構だがな。おい、武家の倅(せがれ)」

源助が若者の胸倉をつかんだ。

「ここに役人がいねえのはお奉行様の情けと思え。それとも番屋にしょっ引いて昼日中に奉行所に突き出そうか。顔が割れたら御家はどうなる」

それとも、と源助は言った。

「脇差はまだ残っているな。ここで俺を斬って、斬り捨て御免と言い張るか。どう吟味されるかは知らないがな」

ううう、というシロの唸り声が聞こえた。「どうどう」と権太がシロの首に縄をかけて抑えた。らんもそばに行き、「落ち着いて」とシロの頭を撫でた。

「奉行所でもどこでも行く」

完全に観念したらしい。若者は腰から脇差を外すと源助に渡した。だが、源助は受け取らなかった。そのかわり、若者の背中をぽんぽんと叩いた。

「歳はいくつです」

源助の口調が和らいだことに、若者も気づいたようだった。小さな声で「十五」と答えた。若いとは思っていたが、自分や達吉よりも年下だった。

「刀は武士の命です。自分で持っていなさい。さっきも言ったでしょう。ここに同心の旦那がいないのはお奉行様の情けだって。このことが明るみに出れば厳しい仕置はまぬがれませんよ」

若者は黙って聞いていた。

「あなただけじゃない。御家に沙汰が及ぶことでしょう。どれほどの御家かは存じあげませんが、太田様と直参同士で争いになればただでは済まないはずです」

「それは……」

やはり与力が察したように、若者もそれなりの家の御曹司のようだった。

「今宵は屋敷に帰りなさい。家の人たちには渡し舟から足を滑らせて落ちたとでも言えばいい」

達吉が川に戻って底をさらった。「ありました」と落ちた太刀を拾いあげた。

「ひとつだけ教えてください。どういうわけがあって辻斬りの真似事など始めたんですか」

「舐められたのです。侮辱されたのです」

「誰にですか」

「……遊女に」

それから、若者はぽつぽつと話し始めた。

一年ほど前の川開きの夜だった。両国に花火見物に来た若者は、仲間とはぐれてしまい、河岸に出た。そのとき、石に躓いて転びそうになったところを、浅瀬に浮かぶ川舟で遊んでいた町人たちに笑われた。とくにけたたましい声で笑っていたのは遊女らしき女だった。

「おのれ！」と若者が太刀を抜きそうになると、女は「斬る度胸もないのになにを格好つけてんのかね」とさらに笑った。一緒にいた他の女や男たちも笑った。誰も皆、酒に酔って浮かれているようだった。

「おやおや、よく見れば童がやっと前髪を落としたってとこだね。坊やが遊ぶところじゃないよ。家にお帰り」

「なんだと！」

顔を真っ赤にして怒る若者を置いて、川舟は笑い声とともに岸から遠ざかり、すぐに他の川舟に紛れて見えなくなってしまった。

この一件で、若者は遊女が嫌いになった。一緒にいた町人の男どもにしても、武家である自分の誇りを傷つけられて、そのままになってしまったことに我慢がならなかった。

「それで、夜鷹を狙ったわけですか」

「その通りです」

だけど、と若者は続けた。

「女だけを狙ったわけではありません。最初は夜鷹とその用心棒の男の二人でした。そのときは、刀を抜いたら男の方が女を置いて逃げてしまいました」

「妓夫かな。情けないやつだ」

「斬るつもりはなかった。脅すだけで十分でした。だけど、ああやって逃げられて人でも呼ばれたら厄介なこととなる。だからそれからは女だけを狙いました」

「斬る気はなかった、というのはまことのようですね」

「刀を見て相手が肝を冷やせば、それで満足でした」

ふむ、と源助は頷いた。

「お気持ちはわかります。いや、俺なんかじゃわからないかもしれない。お武家様が町人に馬鹿にされるなど、矜持が許さないでしょう」

「思い出すたび、はらわたが煮えくり返りました。あの川開きの晩、なんであの舟に乗り込んで連中を川に落としてやらなかったのかと」

「やればよかったのに」

らんの声に、若者が顔を上げた。

「そんなやつら、川に落とすだけじゃなくて簀巻きにして鯉の餌にでもしてやればよかったんだ。あたしだったら泳いででも舟にしがみついて全員水に放り込んでやったよ。いや舟ごと揺らしてひっくり返してやった」

「お前だったら本当にやりそうだな」

達吉が呆れたように言った。「ちげえねえ」という権太の声もした。

「当たり前じゃない。手が届かないと思って舟の上から人をからかうなんて卑怯者のやることだ。どんなやつらだったの。いまからでも見つけ出してあたしがとっちめてやる」

　自分のかわりに怒り出したらんを見て、若者は啞然としていた。

「そのへんの遊女に訊いてまわれば誰だかわかるんじゃない。そうだ、そうしよう。お武家様に無礼を働いたのなら、そいつらを奉行所に引っ張って行けばいいんだよ」

「いや、よい」

　若者は首を横に振った。

「いい？」

「もうよいのだ。気が済んだ」

「お侍様の気が済んだって、あたしの気が済まないよ」

「本当にいいんだ」

　そう繰り返す若者からは、すっかり毒気が抜けていた。

「それより先ほどは脅かして悪かった。こうなってよかった。自分でももうやめようと思っていたのだ。あのとき不覚をとったのは、己が未熟だったからだ。武家ならば、酒に酔った者どもの戯言など、逆に笑って受け流せるくらいの器量がなくてはならない。しかし、わたしにはその器量がなかった。いまならわかる」

　そこまで言うと、若者は源助に向き直った。

「申し開きはしません。奉行所に行きます」

しかし目明しは頷かなかった。

「先ほども申しました。どうか屋敷にお帰りください。人を斬ってもいないのに、まして名のある御家の方に来られても、お役人様たちが困るだけです。わたしもさっきはつい勢い込んで奉行所に突き出すなどと口にしてしまいましたが、誰もそんなことは望んではいません。お役人様たちからは、ただ事を収めればそれでよいと言われています」

源助の勧めに、若者は「しかし」と躊躇（ちゅうちょ）した。

「おあいこです。辻斬りの噂は遊女たちの間に広まっています。なかにはきっとあなた様に無礼を働いた者もいるでしょう。身に覚えがあれば、もしやとすくみあがっているかもしれません」

「そうだね」とらんも笑った。

おい、と源助が言うと、達吉が太刀を持ってきた。

「さあ、お立ちください。刀はお返しします」

若者は「かたじけない」と受け取った。

「今宵は少々乱暴な真似をいたしました。お詫（わ）びします」

頭を下げる源助に「よいのです」と若者は答えた。

「わたしのほうこそ迷惑をかけた。約束します。二度とかような真似はしません」

「その言葉、きっと信じています。生きていればいろいろ迷うこともあります。けれど、どんなことでも己を育てる肥やしとなるはずです。この先はどうか、ご自分の道をお進みください」

「まことにかたじけない。肝に銘じます」

若者は頭を下げると、権太といるシロを見た。

「その犬には負けた。勇敢な犬だな」

「シロっていうの。それと、犬ではなくて狼です」

らんが教えると、若者は驚いたように口を開いた。

「狼とは……かなわぬな」

若者はそう呟くと、「さっきの声」とらんの顔を見た。

「あれはそなたが出したのだな。いったいどうやって」

「ここは両国です。いろいろな芸を持っている者がいます」

らんのかわりに源助が答えた。

「もうお気づきでしょう。この娘は夜鷹ではありません。うちの一家の者です」

「そうか。たいした芸だった。一瞬、父の声に聞こえた」

狙っていたわけでなくても、咄嗟に使った声色は思った以上の働きをしてくれたらしかった。

「ますますかなわぬ」

小さな笑みを浮かべると、若者は背中を向けて土手を登った。その姿が夜のしじまに溶け込むように消えるのにたいして時はかからなかった。

五

物音と飯炊きの湯気の匂いに目が覚めた。

横になったまま瞼を開けると、土間で朝餉の支度をしていたおはながこちらを振り返っていた。

「起こしちゃった？　もう少し寝ていたら」

らんはかけていた布団をがばっとはいだ。

「起きなきゃ！」

昨夜は遅かった。遅いうえに、布団に入っても興奮が冷めずになかなか寝つけなかった。眠りにつけたのは夜更けだった。一刻（約二時間）眠れたかどうかといったところだけど、小屋の仕事がある。

「やっと夜が明けるところよ。慌てなくても大丈夫」

そう言われてみれば、長屋の路地も朝の喧騒を感じさせない静けさだ。まだ気が張っているのか、寝入ってもすぐに目が覚めてしまったらしい。

「今度寝たら本当に寝坊しそうだから起きるよ」

そう言って布団から出た。敷布団を三つにたたみ、その上に掛け布団もたたんで、すでに枕屏風に囲われているおはなの布団の上に置いた。

「おはなちゃんこそ、あんまり寝ていないでしょう」

「わたしはあれからぐっすり寝たから大丈夫」

「あたしは駄目。寝てもすぐに目が覚めちゃうの」

「昨夜の大捕物が頭にこびりついて離れないみたいね」

「そりゃあね。寝ようと思って目を閉じてもすぐ瞼に浮かんでくるんだ」

「わたしはらんちゃんが無事に戻ってくれて嬉しいよ。ただそれだけ」

昨夜は九つ（午前零時）を過ぎて長屋に戻った。木戸番にはあらかじめ遅くなると伝えてあったので、すんなりと中に入れてもらうことができた。ずいぶん遅い帰りだったが、おはなも寝ずに待っていてくれた。

捕物の顚末を話すと、おはなは「やっぱりね」とあきらめた顔で笑った。

「夜鷹に化けて囮になるなんて……」

頭痛でもするのか、額に手を当てるおはなに、らんは「ごめんなさい」とあやまった。

「最初に言おうと思ったんだけど、おはなちゃんを心配させたくなかったから」

「はいはい、あなたらしいわね」

「すみません」

でもね、とまだ着物の下につけていた鎖帷子を見せた。

「これつけていたからね。大丈夫」

「用意周到ね。でもそういう話じゃないから」

「わかっている、わかっている、心配かけてごめんなさい！」

しっ、とおはなが口に指を当てた。

「声が大きい。ご近所が起きちゃうわよ」

「うう、ごめんなさい」

「で、シロがその若侍をのしちゃったわけね」

「そうです」

おはなの表情が緩んだ。

「狼に待ち伏せさせるとは考えたものね」

「源助さんや達ちゃんにも言われた。お前、よくそんなことを思いつくなって」

町人は武家相手に表立って捕物はできない。しかし、動物ならば関係ない。そこでシロと権太にお出まし願ったのだった。見世物小屋の主人には源助が話を通してくれた。

昨夜の捕物の裏には何人もの人の力添えがあった。だからうまくいったのだ。

昨夜は、権太とシロを見世物小屋に送ったあと、源助と達吉と三人で本所吉田町の長屋に行った。待っていたのは、普段から両国河岸を仕事の場にしていた遊女たちだった。

「辻斬りはもう出ない」という源助の一言に、女たちは安堵(あんど)した顔を見せた。

「さすがは奈落の源助さんだよ」

女たちは笑顔で源助を取り囲んだ。達吉に「遊んで行くかい？」と声をかけてくる女もいた。よく見ると達吉の母親より歳がいっていそうな老女だった。「いや、今日はそういうんで来たんじゃねえから」と達吉が顔を赤く染めると、女たちは「あはは」と声を立てて笑った。もとよりそんなつもりはなくてからかっただけらしい。

笑い声に「なんだ、うるせえな」と顔を出した男がいた。女たちを仕切る立場にある用心棒の妓夫だった。目つきの鋭いやくざ者のような風体だったが、源助の顔を見るや「こりゃ旦那」と相好を崩して挨拶してきた。

「本当なら用心棒の俺たちがやらなきゃならねえ仕事をありがとうございます。何度礼を言っても足りません」

男によると、自分たちは柳原土手や護持院ヶ原など夜鷹目当ての客が両国よりも多い場所に行くことが多く、両国河岸は手薄になっていたのだという。

「それにしたって、女ばかり狙うとは情けない野郎ですね」

用心棒の男が取り入るように言うと、源助も「そうだな」と頷いた。はたから見ていても、源助が男を好いていないのがわかった。気のせいか、女たちも蔑むような目を向けていた。

女たちは、この場にらんがいるのが不思議そうだった。

みんなが「この娘は誰だ」という顔をしていたので、源助が「今日の一番槍だ」と紹介してくれた。鎖帷子を身につけて刃に身を晒したという話に場は沸いた。源助はそこから先は詳しくは語らなかった。らんが実は『京屋座』の木戸芸者だということも、見世物小屋の狼が捕物に一役買ったことも伏せていた。聞いていて講談にしたくなるような話だったが、あまり噂になると、あの若者に要らぬ恥辱を与えてしまうことになりかねない。源助の心配りはらんにも理解できた。

帰り道、達吉が「ケッ」と夜空に向かって吠えた。

「なんだありゃ、なにが女ばかり狙うとは情けない野郎ですね、だ」

仕切り役の妓夫のことだった。

「自分はなにもしねえで女たちの稼ぎで食っていやがるくせに、なに言ってんだよ。兄貴、あんなのをはびこらせてていいんですか」

「しょうがねえんだよ。女だけだと銭も払わないようなふざけた客がいるからな。ああいう手合いがどうしたって要るんだ。まあ、女たちに訊いてみると、あいつがはねる上前はそれほどでもないらしい。野郎は野郎なりに仕事をしてんだよ」

「でもよ、さっきあの若侍が言っていたじゃないですか。最初の晩に女を置いて一目散に逃げちまった男がいたって。あいつじゃないですか？」

らんもそうではないかと思っていたことを達吉が口にした。

「かもしれないな」

源助がくっと笑った。つられてらんと達吉も笑った。

しばらく行くと、まだやっている夜鷹蕎麦の屋台を見つけた。

「蕎麦でも食って帰るか。なに、今日の礼はあとでちゃんとするから心配すんな」

源助はそう言って、らんと達吉に蕎麦を奢ってくれた。


「ところでその鎖帷子、小屋に返さなくていいの？」

炊きたてのごはんを香の物と合わせて頬張っていると、箪笥の横にたたんで置いてある防具についておはなが訊いてきた。

「米蔵さんがくれたんだよね。小屋に置いていても誰も使わないからって」

「わたしも人のこと言えないけど、鎖帷子だの弓矢だのって、いったい誰の家って感じね」

箪笥のいっぽうの端には、おはなが矢場からもらってきた弓と矢がまだ置いてあった。

「こんなのお役人に見られたら、わたしたちが賊と間違われちゃうかも」

「大丈夫だよ。源助さんがいるから」

「ずいぶん仲良くなったみたい」

「うん」

「色男だって評判だしね」

ぶほっ、と噴いてしまった。

「あらあら。大丈夫？」

ぶほぶほと咳が止まらないらんの背をおはながさすった。

「お、おはなちゃん、そんなんじゃないから」

「なにが？」

おはなは笑っている。

「もう、意地悪。そんなんじゃありませんから」

「ふふ。わかっている。からかってごめんね。でもいいじゃない。なんだか楽しそうでちょっと羨ましいわ」

「おはなちゃんも仲間に入る？」

「わたしが目明しの親分の？」

「矢場だって、いろんな町のうわさを耳にしたりするでしょう」

口にしてみて、これは名案ではないかと思えた。

「それはそうだけど。捕物の役に立つような話なんてそうはないわよ。わたしはいいわ」

「えー、残念」

「それよか、今日は仕事が終わったら髪を洗いたいの。らんちゃん、手伝ってくれる？」

「もちろんだよ。あたしも洗いたい」

髪を洗うのは、毎度のことながら一苦労だ。

できれば月に一度くらいで済ませたいけれど、砂埃が舞う両国広小路で暮らしていると、どうしたって十日に一度くらいは洗わなければならなかった。

そんなわけで、この日は仕事が引けるとすぐに長屋に戻ってたらいに水を張った。水には布海苔(ふのり)とうどん粉を混ぜ、解いた髪をつける。こうすると洗ったあとにべとつきがなくなってきれいな艶が出る。

髪は洗うのも大仕事なら、濡れた髪を乾かすのも大仕事、そして結うのも大仕事だ。

髪結いは女ならいちおう誰でもできる。もちろん、得手不得手はある。小屋で床山の手伝いをしてきたから、らんは上手な方だ。おはなはといえば、もっと上手だ。

「ねえ、おはなちゃん、髪結いになればいいじゃない」

一緒に暮らしはじめてからというもの、らんの髪はおはなが結ってくれていた。今日も頭をおはなに預けると、毎度おなじみの言葉が口をついて出た。

「この間も言ったじゃない。そろそろ仕事を変えてみればって。髪結いなら矢拾いよりずっと稼げるんじゃない？」

「本物の髪結いの人たちは、こんなものじゃないでしょう」

答えながら、おはなはらんの黒髪を櫛で梳く。

「いいや、おはなちゃんならできるよ。どこか大店のお得意様でも持てれば、きっとすごく稼げるよ」

「ふふ。だとしたら、いいねえ」

これも毎度そうであるように、おはなはらんの話をはぐらかして受け流す。

二歳上の同居人がいったい何がしたいのか。らんにはいつも謎だった。

(おはなちゃんは、誰かのお嫁さんになりたいのかな)

年齢を考えれば、おはなは嫁に行ってもおかしくない。だが、とくにいい人がいるようではないし、一緒に暮らし始めてからも、帰らない夜は一度もない。矢場などという場所にいながら男を寄せ付けないところがある。

「不思議だなあ」

思っていることが口に出てしまった。

「なにが不思議なの?」

「おはなちゃんが」

「どうして。わたしのなにが不思議?」

「いや、だってさ……こんなに器量良しなのに、もったいないなあって」

前に長屋の女房の一人から聞いたことがある。まだおはなの母親のおせつが生きていた頃、町年寄りがおはなに縁談を持って来たことがあった。相手は矢場でおはなを見初めた商家の息子だった。「こんな玉の輿は滅多にない」と町年寄りは結婚を勧めたが、母娘は「身に過ぎた暮らしは望んでいない」と断ったのだという。

「なにがもったいないの。わたしはいまの暮らしに満足しているよ」

そう言うと、おはなは部屋の隅にあるおせつの位牌に手を合わせた。

「わたしが元気にしていれば、おっかさんも安心だしね」

「そりゃそうだろうけど」

「らんちゃんが来てくれて、よけいに安心しているはずよ」

「そうかなあ」

「そうよ」

気づくと、なんだかまた話が違うところにいっていた。

(ま、いいか)

結局、豆腐に鎹(かすがい)みたいな感じで終わってしまうのもいつものことだった。

暦は皐月。江戸には初夏の風が吹きはじめている。

朝だった。楽屋で支度を済ませて木戸に行こうとすると、横で化粧をしていた花二郎に「待て」と呼び止められた。

「桟敷に上がる梯子がいかれちまって、いま米蔵さんに直してもらっているところなんだ。奈落を抜けて土間から行け」

「うん」

ここで言う奈落とは両国橋の下のことではない。舞台下の装置や仕掛けがある部屋のことだ。裏方や出番の少ない役者たちが、ここで廻り舞台を回したり、セリに乗った役者や道具を舞台に上げたりする。

客から見れば、花道にいきなり役者が現れたり、舞台が動いたりするのだからなかなか愉快な仕掛けだ。そのかわり、動かす方は汗だくになって装置を押したり引いたりせねばならない。まさに縁の下の力持ちを地でいく仕事だ。

楽屋から梯子を下りて奈落に入る。ここは昼でも暗い。といっても童の頃からの遊び場だから物にぶつかるようなことはない。

廻り舞台の装置の横を抜けて、花道にある「すっぽん」と呼ばれるセリから上階に上がることにした。

(そろそろ花火だな)

愉しみにしている川開きのことを考えながら暗がりを歩いていたときだった。

目の前の柱の陰から、気味悪い声とともに何かがぬっと現れた。

「ぐわああああ〜〜〜〜！」

「ひっ！」

あんまり目の前だったのでのけぞった。

「うわあああ〜〜〜！」

暗がりに白いものがぼんやり浮かんだ。白装束だった。

「お、お化け！」

顔を見ると面をかぶっている。鬼の面だ。その鬼がこっちに覆いかぶさるように両手を上げている。

「ななな、なに？」

白装束の鬼が抱きついてこようとした。

「ひいいっ！」

とっさによける。鬼の両手が空振りした。

「なによおおおーーーーっ！」

追いかけて来たので叫びながら逃げた。

「ぐえへへへ」

相手はこちらが逃げるものだから調子に乗って下品な笑い声をあげている。

「うーらーめーしーやー」

幽霊のつもりらしい。いつから『京屋座』はお化け屋敷になったのか。

「ひいい、勘弁してよ！」

こわいんじゃない。これから呼び込みだってのに迷惑なのだ。うかうかしていると櫓太鼓が鳴る。

花道の下まで逃げるといい塩梅の高さにすっぽんが止めてあった。それに飛び乗って上の舞台によじのぼった。すると、これもまた舞台のセリから幽霊が現れた。こちらはちゃんと誰かにセリを動かしてもらっている。

いい加減、逃げるのにも飽きたので「やい！」と言い返した。

「朝から幽霊とはどういうことだい。化けて出られる覚えはないよ」

「うらあめえしいやああ〜〜〜」

「うるさい！」

花道を走って舞台の中央に行き、鬼の面をはいでやった。

「なにやってんですか、座元！」

面の下にあったのは京兵衛の顔だった。

「どうだ、驚いたか」

京兵衛はいたずら小僧の顔でにやにやしている。

「驚いたもなにも、この忙しいのに朝からなんなんですか！」

「いやいや、たまたまお前が通ったんだよ。別に狙っていたわけじゃねえ。誰でもよかったんだ」

「嘘つけ」と米蔵の声が奈落から聞こえてきた。

「らんが来たら教えろって言っていたのはどこの誰だい」

「米さん、よけいなことを！」

くそっと京兵衛が舌打ちした。

これで奈落を通れと言われたわけがわかった。花二郎もぐるだ。看板役者が揃ってへたな芝居を打ったのだ。

「あたしをわざわざ待ち伏せしていたんですか。暇ですね」

「お前がいちばん脅かしがいがあるからな。こっちの期待通りだった。ひいいってな。へへ」

「へへ、じゃないですよ。女子（おなご）を脅かすなんて趣味の悪い。だいたいいったいなんなの、その格好は。怪談物でもやろうってんですか」

いま出している演目は時代物の『勧進帳（かんじんちょう）』だ。白装束の幽霊に出番はない。

「その怪談物だ。涼み芝居の新作をやりたいと思っていてな。とりあえず役をつくっているところなのさ」

「そりゃあ結構なことで。作者はどなたですか」

「南北だ」

「は？」

訊き返した。

「南北だ。鶴屋南北」

「ええっ？」

鶴屋南北といえば当代きっての人気狂言作者だ。作品は江戸三座で上演されている。

「南北の怪談物って、あまり聞いたことないような……」

「いま書いているんだ。いや、もう書けたかな」

「新作ですか？」

「新作だ！」

胸を張る京兵衛がにわかに怪しく見えた。

「嘘だ。鶴屋南北がこんな薦張り小屋のために新作なんか書くわけないじゃないですか」

「早とちりするな。うちのために書いているんじゃねえよ。初演は『中村座』だ。座頭は尾上菊五郎だ」

どこから仕入れてきたねただか知らないが、京兵衛はこの種の話には通じている。たぶん本当だろう。だが本当だとして、それが『京屋座』とどう関係あるのか。

「絶対に受ける。俺の勘に狂いはねえ」

らんの疑問をよそに京兵衛はまるで我が事のように不敵な面構えで喋り続けた。

「この夏は怪談物だ。そこでうちの小屋も先手をとって怪談物をやることにした。大入り間違いなしだ。いいや、怪談物をやらないわけにはいかない。南北のが当たれば客はみんな怪談物が拝みたくなるはずだ」

ふっふっふっ、と笑う京兵衛に、素朴な問いをぶつけてみた。

「鶴屋南北にあやかろうっていうのはわかるけど、狂言もないのにどうやって？」

「そうだ。だから『中村座』で初演をやるまでは即興でやっていくしかねえ。いまやっている『勧進帳』の誰かを死なせるかなにかして幽霊を出すって寸法だ」

「狂言の中身を変えて新しい役を出すってわけね。弁慶でも死なす気？　でも乱暴すぎない」

「ああ、しょせんは付け焼き刃だ。怪談には怪談にふさわしいちゃんとした狂言がいる」

座元はなにが言いたいのか。

「お前、台詞の覚えはいいよな」

訊かれて、背筋を嫌な予感が走った。

「そりゃまあ、木戸に立っているくらいだし。だいたい立たせたのは座元じゃないですか」

「そうだ。お前を見込んで立たせたんだ。いまのところお前は俺の期待以上にやってくれている」

褒められているのだけどなぜか気持ち悪い。そもそも待ち伏せしていたということは、驚かすだけじゃなくてなにか別の目的があったからかもしれない。なんだかなめくじが首筋を這っているような怖気を感じる。

「お前、菊五郎の芝居は観たくないか？」

「菊五郎の……そりゃあ」

尾上菊五郎。江戸中の女が惚れるような千両役者を超えた万両役者だ。顔は絵でしか見たことがない。

「見せてやる。南北の新作が出たら、初演を『中村座』で観てこい。木戸銭は出してやる」

「『中村座』で、菊五郎を？」

またとない話だ。けれど、こんなうまい話があるわけがない。

「観るだけでいいんですか？」

「おう。観るだけでいい。観たら、そのあとどんな話だったか俺たちに聞かせろ。物の覚えのいいところで、台詞も全部真似てくれ」

やっぱり見るだけじゃなかった。

「芝居の台詞を全部なんて、いくらあたしでも無理です」

「そら道理だ。なに、全部覚えるのは見せ場だけでいいんだ。菊五郎が幽霊の役をやるはずだ。どんな所作でどんな台詞を言うか、そこのところを頭に叩き込め」

「で、それを覚えて座元たちの前でやってみせるわけ？　自分たちで観に行った方が早いじゃないですか」

「駄目だ。俺や花二郎は顔が割れている」

『中村座』から出禁を喰らっているらしい。はじめて知った。罪人か。

「それであたし？」

「おお、一人じゃなんだろうから、仁吾郎をつけてやる」

狂言作者の名前が出たことでぴんときた。

「座元、これってようするに、南北の新作を盗むってことだよね」

「人聞きの悪いこと言うんじゃねえよ。役づくりの参考にさせていただこうってことだ」

とか言っているが、『京屋座』では相手がなにも言ってこないのをいいことに、これまで南北だけでなく、売れっ子の狂言作者たちの新作を役の名を変えるなどの姑息(こそく)な手段を弄(ろう)して勝手に上演してきた。そのままやっている『絵本太功記』や『勧進帳』などの時代物だって、許しを得てやっているのかどうか怪しいものだ。どうせ今回もそのつもりなのだろう。

もっと言うなら、小屋の正面に組んでいる櫓だって、花道だって廻り舞台だって、本当はお上公認の三座にしか許されないものだった。京兵衛はそれを知っていてぬけぬけと同じような仕掛けを使っていた。いざとなればすぐさま解体してしらを切り通すつもりに違いない。でなければお役人に袖の下でも渡しているのかのどっちかだ。

とにかく、嫌な予感は当たっていた。ここは断るに限る。

(でも、『中村座』で尾上菊五郎が見られるのか)

そう思うと、千載一遇の機を逃したくない気がする。

「考えさせてください。それとも断ったらくびですか?」

「そんなことねえよ。だけど『中村座』はお前にとっても勉強になるはずだ。そのうち見せてやりたいと思っていたんだ」

へらへら笑っていた京兵衛が真面目な顔になった。自分を口説くための芝居だってのは見え見えだけど、半分は本気だろう。確かに、木戸芸者としても『中村座』には興味があった。

「わかりました。仁吾郎さんと行けばいいんですね」

「頼まれてくれるか。初演は文月(ふづき)だって聞いている。その日は仕事を休んでいいぞ」

「休まなきゃ行けないじゃないですか」

「ははは。そうだな。呼び込みは一太にかわりをやらせる。仕込んでやってくれ」

「一太に？」

「おうよ。童の木戸芸者だ。おもしれえだろ」

小僧なら給金は出さずに済む。おおかたそんなことを考えているのだろう。

「文月ですね。席はどこです。桟敷を用意してくれるんですか」

「土間に決まっているだろう。土間だ土間」

「そう言うと思っていた。試しに訊いてみただけ」

「おう。あとのことは仁吾郎と決めろ。まだ先の話だからな。うっかり忘れたりするなよ」

話がまとまったのが嬉しいらしく、白装束はひょこひょこ跳ねながら舞台袖へと消えて行った。

六

水路沿いの柳が夜風に揺れていた。その風に乗って少し淀んだ水の匂いがしてくる。夏の気配が日増しに濃くなってきている。

湯屋の帰り道だった。月半ばの夜道は提灯が要らぬほど明るい。頭上には満月にひとつ足りない欠けた月が皓々と輝いている。その明るさに誘われて、今日はたまに行く神田明神近くの湯屋に出かけた。歩くと四半刻（約三十分）はかかるのだけど、他の湯屋に比べると使える湯の量が多く、湯船の湯も頻繁に入れ替えがあって気持ちがいいのだ。

「そろそろ浴衣でいい季節だね」

おはなが川風にほつれた髪をなびかせながら言う。

「うん。湯屋のあとは小袖じゃ暑くなってきた」

こんなふうにぶらぶら歩きながら湯屋を往復するのは一日の愉しみだ。体も心もいい具合に緩んでいて気持ち良いし、肌を撫でる風や鼻をくすぐる草木の香りに風流を感じる。こういうときは、心なしか自分のおしゃべりも静かになる。おはなにしても、いまのような呟きをたまに口にするだけだ。

（一緒にいるだけで気持ちがいいっていうのはいいもんだな）

　こういう相手はなかなかいない。それを思うとおはなを紹介してくれた京兵衛には感謝しなくてはならない。

「そういえばさ。おはなちゃんはうちの座元のことをいつから知っていたの？」

　ふと尋ねてみた。

　おはなはすぐに答えない。

（まずかったかな……）

　父親については語らないおはなだけど、京兵衛ならいいかと話を振ったのだが、これも踏んではいけない場所だったか。

「子供の頃から」

　答えてくれた。

「わたしのおっかさんが京兵衛さんに世話になっていたんだ。へんな意味じゃなくてだよ」

「へんな意味？」

　そこで思い当たった。

（……まさか）

　まさかまさかと思ううち、頭が勝手にその先を考えてしまう。閉まっていた戸ががばんばん開いていく感じだ。さっきまで感じていた風流もどこかへ吹っ飛んでしまった。

「ま、ま、まさか」

口に出してしまった。

「らんちゃん、いまおかしなこと考えているでしょう」

突っ込まれた。

「お、おかしなことなんて考えていません。いや、考えています、ごめんなさい」

「ふふ」

「まさかおはなちゃんのおっかさんがその……座元とむにゃむにゃで……それでおはなちゃんが生まれてとかなんとか……」

「ふふふ」

おはなは笑っている。なんで「違う」と言わないのか。

「ふふ。そう考えてもおかしくないか。でも違うわよ」

言ってくれた。

「京兵衛さんは、うちのおっかさんが困っていたときに救いの手を差し伸べてくれた恩人なの。わたしはそのときおっかさんのおなかのなかにいたから見たわけじゃないけど」

「ああ、そうか。そうだよね」

なにがそうなのか。

「そうだよ。おはなちゃんみたいな美人があの座元の娘であるわけない」

「あら、京兵衛さんだって男前じゃない。かりにも役者さんだよ」

「おみおさんにだって似ていないし」

すでに他家に嫁いでいる京兵衛の娘の顔を思い出す。瓜実顔（うりざねがお）の美人だけど、おはなとは種類が違う。

「それに、そうだ、だったら女将さんがおはなちゃんのことをよく言うわけがない」

「おゆうさんにもお世話になったみたいだよ」

「女将さんや座元も言っていたよ。世話になったのは自分たちだって。女将さんはそのうちおはなちゃんから聞くといいって言っていた」

「そう」

いつもならここで話が終わるか別のところにいってしまうのだが、今日は違った。

「わたしのおとっつぁんがね、京兵衛さんが困っているときに力になったというの。これもわたしは見たわけじゃないんだけどね。おっかさんからいつか詳しい話を聞こうと思っていたら、その前におっかさんが死んじまったんで聞けずじまいなのよ。おっかさんがわたしに話してくれたのは、京兵衛さんがわたしたちにとって恩人だってこと。女が一人で娘を育てるのに、京兵衛さんとおゆうさんがいろいろ助けてくれたっていうの」

「そうか。どっちにとっても恩人ってわけなんだね」

「そんなとこね」

「よかった」

言うと、おはなが「なにが？」と訊いてきた。

「おはなちゃんのおとっつぁんがいい人だから。あの座元が恩義を感じているんだから、きっといい人なんだね」

「いい人か、そうね……」

呟きながら、おはなは横の川へと目を向けた。水面に月が輝いていた。

「いい人だかなんだか、わたしはおとっつぁんのことはよくわかんないんだ。もしらんちゃんが知りたければ京兵衛さんに訊いてみて。わたしより京兵衛さんの方が詳しいから」

「いいよ。そんなことしない。座元が勝手に喋ったら別だけど、あたしからは訊かないよ」

「どうして。わたしはかまわないよ」

「どうしてかはわからない。でも、訊かない方がいいと、いま思ったの」

口にしてみると、どうしてか、が少しわかってきた。

「おはなちゃんのいないところでおはなちゃんのことを誰かに根掘り葉掘り訊きたくないの。それってまるで咎人を探偵するみたいだから」

「探偵するか。すっかり目明しの仕事が板についているね」

「そうかな。えへへ」

「辻斬りも出なくなったんでしょう」

「うん」

　あのあと十日ばかりして、らんは源助から報酬が入った巾着をもらった。やけにずっしりしていた袋の中には、思っていたよりもずっと多くの金子が入っていた。驚いたらんに源助は「俺からだけじゃない」と説明した。らんたちの働きは役人を通じて、あのお女中の仕える家にも伝わった。その褒美が出たのだという。

「まあ、同心様たちがいくらはねているかは知らないけどな。ありがたくもらってお
け」

　苦笑いする源助に「この巾着は？」と訊いた。縮緬の赤い巾着はそれだけで値が張りそうだった。

「そいつはまた別だ」

　源助が留守の間に、広小路の番屋にどこかの屋敷の小者が使いに来て包みを置いていったのだという。包みの中にはキセルが三つにこの女物の巾着が入っていた。小者の男

性は留守を預かっていた自身番に源助のことを尋ねると、「ではその目明しの旦那とお仲間にお渡しください」と頼み、名は明かさずに立ち去った。誰が贈って寄越したのか、源助にもらんにも心当たりはひとつしかなかった。

「ひょっとしたら、とんでもないご大身だったのかもな」

あの若者は真っ当な道に戻ったのだろう。今月の朔日はすでに過ぎたが、辻斬りの噂は聞こえてこない。

「たぶん、このまま何も起きないと思うんだ」

らんの言葉に「よかった」とおはなが頷く。しかし、その目は別のところに向いていた。

「おはなちゃん、さっきからなに見ているの」

「うん。あの舟がちょっと……」

おはなはらんと話しながら、ずっと川を見ていた。

手前の岸に筵をかぶせた舟が一艘つないである。筵が動いている。誰かが下にいるらしい。

「誰かいる？」

おはなはなにかを嗅ぎつけたのか、小走りになって舟のそばまで行った。らんもあとに続いた。おはなは石垣になっている岸の上から舟の上の筵に声をかけた。

「もし、そこにいるのはどなたですか」

返事がない。

「筵の下からわたしの顔を見て助けを乞うように口を動かしたのが見えました。気のせいであるのならこのまま行きます」

そんなことがあったのか。自分はおしゃべりに夢中でまったく気がつかなかった。だいたい川ではなくおはなの顔を見ていた。

筵が動いた。女が顔を出した。

「気のせいではありません。あなたに見られたので、思わず助けてと声をあげそうになったんです。そのへんに男たちはいませんか。追われています。どうか見なかったことにしてください」

夜鷹だろうか。しかし、勘がそうでないと言っていた。

あたりを見回す。通りの先に人影はいくつか見えたが、誰かを追っているような気配は放っていない。

「その男たちは何人ですか」

「三人です」

「わたしたちと一緒に番屋に行きましょうか」

「それは……」

わけありのようだ。

「わたしたちは柳橋に住んでいる者です。怪しい者ではないので事情をお聞かせ願えますか」

「お助けくださるのですか」

「女子が男に追われているんです。見つかったらただでは済まないのでしょう。道に立ちたくないのなら、わたしたちがそこに行きます」

石段を下りて舟に乗ろうと身を屈めたときだった。らんの目が先の辻から出てきた男たちの姿を捉えた。男たちは駆けてきたらしく、道の前と後ろをきょろきょろ見回している。見つからないように咄嗟に首を引っ込めた。

「たぶん、あれがそうじゃないかってのが三人来たよ」

早く、と二人で川舟に乗り移った。ゆらゆら揺れる小舟のなかで、女とともに筵をかぶった。

「あなたは?」

「みつと言います。見つかったら、あなたたちもただではすまないかも」

月夜とはいえ筵の下はさすがに暗い。お互いに顔はよく見えなかった。

男たちの声が近づいてきた。「いねえな」「こっちだろう」などという話し声がする。

やはりこの男たちらしい。

「まったく、なんで俺はいねえって言ってくれなかったんですかい」

「言う間もなく戸を開けられちまったんだよ」

「ちっ、よりにもよって……」

「女はこういうときが面倒だな」

「とにかく首根っこつかんで言い含めねえといけねえ」

「言い訳しようがないだろうが、あんなとこ見られて」

「見せたのはあんただろう。まさかわざとじゃないだろうな」

「わざとじゃねえよ。しかし、お前の慌てた顔は見ものだったぜ」

「これで逃げられたらあんたのせいだぞ」

「ははは。お前は場数が足りねえな。なあに、あっちもびっくりして逃げただけだよ。大事な手札だ。捕まえたらしっかり機嫌をとれよ」

二人の男がなにやら言い合っている横で、一人が川岸に近づいてきた。

「おい、いま舟が揺れたぜ。誰かいんのか？」

見つかってしまった。

おはなが筵の先をめくった。

「女……夜鷹か？」

相手は勘違いしている。言い合っていた二人の男も岸に来たのが気配でわかった。

「お兄さん、遊んで行くかい。ただし、あとでね。いまちょっと取り込み中でね」

おはなは最初からそのつもりだったらしく、澄ました声で夜鷹を演じてみせた。

「なんだよ、そういうことかい。夜鷹にしちゃ美人じゃねえか。いつもこの辺にいるのか。今度来てやるよ。今日はあいにくこっちも忙しいんでな」

「嬉しいね。その言葉信じて待っているよ」

これで消えてくれると思ったが、そうはいかなかった。

別の男が「取り込み中悪いがよ、女がこっちに走ってこなかったか」と訊いてきた。

「女？」

おはながとぼけた声を出す。

出番だ、とらんは深く息を吸った。

「若い女なら明神様の方に向かって走って行っちまったぜ」

筵の下から男の声色で言った。

「どんな女だった」

「よく見てねえよ。なにしろ切羽詰まった顔してっからよ。こりゃ近づかねえ方がいいと知らんぷりしたんだ」

「十分だ。その女だ」

「それよか早く行ってくんねえか。わかるだろう。頼むよ」

おはなの着物を引っ張って合図すると、おはなも呼吸を合わせるように「じゃあね」と筵をかぶった。

「邪魔して悪かったな」

男たちは、道をらんたちが来た方向へと駆けて行った。

筵から顔を覗かせ、近くに誰もいないのを確かめた。

「いまだよ」

素の声に戻ってみつに言った。

「ありがとうございます」

「礼はいいから早くここから離れよう」

舟から岸に渡った。すぐに近くの辻を曲がって通りから見えないところに行った。

「おみつさんと言ったね。行くところはある？」

おはなが訊いた。

「見ず知らずの方にご迷惑をかけるわけにはいきません」

先回りするようにみつが首を振った。

「もう見ず知らずじゃないわ。危ない橋を渡った仲よ」

有無を言わせぬ調子だった。「そうだよ」とらんも頷いた。

「あの男たちに見つからないところがあるならいい。でも、このままうろうろしていてもそのへんの木戸番や自身番にとっつかまってあれこれ訊かれるのがおちだよ」

みつは番屋には行きたくないようだった。だったらこのなりゆきは避けたいはずだ。

「……品川なら」

「品川か。遠いね」

おはなの顔を窺う。

「おみつさん、ひとまずわたしたちの長屋に来て。話したくないことは話さなくていいから」

「はい」

今度は受けてくれた。

背後に気を遣いながら柳橋へと帰った。長屋でひと息つくと、みつはぽつりぽつりと事情を話してくれた。

自分は在の出で、品川の商家で奉公していたこと。さっきの男たちの一人といい仲であったこと。わけあって商家をやめて男のもとに戻ってみると、寝ていた男の褥に別の女がいたこと。癇癪持ちの男が「なんで帰って来た」と逆上したので逃げたこと……。

「ひどい男だねえ」

ざっと聞いたが、それだけではない、きっと何かわけありなのだろうということは想像できた。

「さあ、今夜はもう寝よう」

遠慮するみつにらんとおはなは布団を貸し、三人で川の字になって眠った。

格子戸の向こうの長屋の路地で、雀がちゅんちゅん啼いている。朝からかしましいことだが、長屋の朝は人もかしましい。女房たちが米を炊く横で童たちが騒ぎ、仕事に出る前の父親がそれを怒鳴り声で叱る。泣き声が谺したかと思えば、どこからか笑い声が響く。

「らんちゃん、おはなちゃん、朝餉ができたよ」

寝ていて乱れた髪を直していたらんとおはなに、みつが声をかけた。もう膳に炊きたてのごはんと沢庵と胡瓜の漬物がのった小鉢、それに蛤の剝き身に青菜、油揚げ、豆腐が入った味噌汁が並べてあった。

「わあ、美味しそう」

引き寄せられるように膳ににじり寄るらんに、「外に出たらちょうど表に貝売りが来たところだったんで蛤を剝いてもらったの」とみつが説明する。

「おみつちゃん、毎朝悪いわ」

おはなが礼を言うと「ううん」とみつは首を振る。

「これくらいしかわたしにはできないから」

「あなただって仕事があるじゃない」

「気持ちよ気持ち、せめて月が明けるまではわたしに当番させて」

みつは「それよか、食べて」と膳につくよう促した。

「いただきます！」

らんはごはんから口にした。一口目はいつもこうだ。真っさらな状態の舌が白米のほのかな甘さを感じ取る、その自然な美味しさが好きだった。

「ああ、今朝もごはんが美味しい」

うーん、と目を瞑ってうっとりした顔になる。

「もうこれさえあればなにもいらない」

「お味噌汁も召し上がって」とみつが笑う。おはなも微笑んでいる。

「はーい。うん、おみおつけも美味しい。力が湧くなあ」

「おみつちゃんが来てくれてよかったね。うちのごはんがすごく美味しくなった」

おはなも味わう前に味噌汁の椀から立ち昇る香りを愉しんでいる。

「らんちゃんのお料理も美味しいよ」

「らんちゃんのだって」

「あたしは駄目駄目駄目。得意なのは握り飯だけ。小屋で厨の手伝いをしているときも手つきが乱暴過ぎるってよく怒られていたもん。大根はもっと薄く切れ、とか。あ、そうか、それで座元は木戸芸者にしたのかな」

「そんなことないでしょう。才覚を見込まれたのよ」

そうだよ、とみつもおはなに相槌を打った。

「舟のなかであの声を聞いたときはびっくりしたもん。え、男がいる？　って」

はじめて会った、あの晩のことだった。

「あはは。やっている方は冷や冷やだったけどね。気づかれて筵をめくられたらどうしようかって」

「絶対にばれなかったと思う。本当に男の声にしか聞こえなかったもの。あいつらったら本当に間抜けだったね」

「あたしもあんなにうまくいくとは思わなかった」

「おはなちゃんの夜鷹もはまっていたね」

「わたしだって舟に近寄ってこられたときは心の臓が止まりそうだったよ」

三人で顔を見合わせて笑った。

知り合って、十日が過ぎていた。あの日からみつは長屋に居着いている。

助けた翌日、みつはらんとおはなに礼を言うと立ち去ろうとした。しかし、おはなはなにかを察したらしく「ちょっと待って」と呼びとめた。

「品川に、本当に帰る場所があるの？」

問いに、みつはすぐに答えることができなかった。

「奉公先に戻って大丈夫なの。あの男たちに居場所が割れたままで平気？」

みつに用がないのなら、男たちは追って来なかったはずだ。一度取り逃がしたとて、きっとまたさがしに出てくるに違いない。

「奉公先には戻れない」

みつはそこで前の晩には言わなかったことを明かした。

「暇(いとま)をもらって出てきたの。だから戻るわけにはいかない。もし戻ったら迷惑をかけてしまう」

だったら、とおはなは言った。

「うちにいなよ。長屋の大家さんには話を通すから大丈夫よ」

「昨夜会ったばかりのわたしに、どうしてそんなに親切なの」

そこでらんが割って入った。

「気にしないで。おはなちゃんはこういう人なんだ」

自分もある日突然転がり込んだこと、まだともに暮らして幾月かしか経っていないことなどを教えると、みつは「そうなんだ」と目をぱちぱちさせた。

木戸芸者であることもこのときに話した。

「それであんな声が出せるんだ！」

はじめて見るみつの笑顔だった。ずっと暗い顔をしていたが、笑うとみつにはまだどこか幼さがあった。訊くと、歳は二十歳だった。おはなとひとつしか違わない。

「あの男、安吉っていうんだけど、同じ在の出なんだ」

自分を裏切った男について、みつは話してくれた。

二人は江戸から川越を結ぶ街道近くにある村の出身だった。

「幼馴染といえば聞こえがいいけどね。あいつはわたしを大事にしているようで、そんなんじゃなかった。童の頃はいじめられた。昔から調子のいいことばかり並べたてる虫の好かないやつだった」

その虫の好かない相手に、いっときではあるが、どうしてか惚れてしまった。

きっかけは、村の名主の口利きで奉公に入った川越の呉服屋だった。そこで先に入っていた女中たちからいじめられているみつを助けたのが、やはり川越に出てきていた安吉だった。

「こんな意地の悪いやつらのいる場所に年季明けまでいることたあねえ。俺と来い」

知らぬ人間の間で冷たくされて気が弱っていたのだろう。同じ故郷の出というだけで安吉に心を許してしまった。ほだされて、つい「連れてって」と頷いてしまった。

奉公先からは勝手に飛び出した。安吉も自分の奉公先だった乾物問屋を逐電し、二人で江戸に流れた。江戸では職人稼業をしていた安吉の仲間を頼った。安吉は「仕事がうまくいったら夫婦になる」という約束で、みつを口入屋に行かせて品川に奉公に出した。「職人といっても、どこで知り合ったのかごろつきみたいなのばかり。きっと仕事といってもろくな仕事じゃない。で、帰ってみればみたであの始末。わたしが馬鹿だった。あんなのに惚れたのが、いまとなっては恥ずかしい」

みつはすっかり安吉に愛想を尽かしているようだった。といって、いまさら品川には戻れない。まして在の村や川越には帰れない。川越の奉公先には迷惑をかけてしまったし、紹介してくれた名主にも不義理をしてしまった。村には親戚なら何人か残っているが、戻ったところで「この恥さらし」と石を投げられるのが関の山だった。

「おっかさんやおとっつぁんはいないの？」

らんの問いに、みつは目を伏せて「うん」と頷いた。

「わたしのおっかさんはわたしが五つのときに病で亡くなった。おとっつぁんはよその後家さんと夫婦になったんだけど、わたしが八つのときに大水に呑まれてどこかに行っちゃった。後家さんもおとっつぁんのあとを追うようにすぐに肺病で亡くなった。兄弟はみんな乳飲み子の頃に亡くなっちゃったし、身寄りらしい身寄りはいないんだ」

身の上を語るおみつの手に、らんは自分の手を重ねた。

「おみつちゃん、あたしたちといよう」

おはなも「そうしよう」と言葉を重ねた。

「同じだよ。わたしにはおとっつぁんもおっかさんも血を分けた兄姉も妹弟もいない。おはなちゃんもそうだよ。身寄りのない者同士で力合わせて生きていこうよ」

みつの目が潤んでいた。すぐにそこから涙がこぼれた。

「ありがとう。でも、もしあいつらに見つかったら……」

「大丈夫だよ。あたし、こう見えて目明しの親分に顔が利くのさ。あんな連中、来たって追っ払ってもらうよ」

「ありがとう。ありがとう」

どんな理由で品川の奉公先を出たのか。ばつが悪い思いをしたのは安吉のほうなのに、なぜああも必死に逃げなければならなかったのか。みつの話にはいくつか腑に落ちないところがあったけれど、おいおい訊けばいいと、らんとおはなは目配せしあった。

このあとは話が早かった。源助に相談すると、すぐにみつに番屋の前にある麦湯屋の売り子の仕事をあてがってくれた。

麦湯屋の仕事は芝居小屋や矢場に比べれば帰りが早かった。楽なぶん、畢竟みつが食事の支度をすることが多くなった。品川の奉公先だった廻船問屋では厨で働いていたというだけあって、みつは料理が上手だった。らんは甘えてばかりではいけないと思いながら、つい甘えてしまうのだった。

七

「シロー！」

昼餉が済んだ昼九つ（正午）。毎日の日課で狼の頭を撫でに見世物小屋に足を運ぶと、シロと権太が寄り添って寝そべっていた。権太はシロの背中を枕にしている。手には瓦版があった。

「なにかおもしろい話？」

自分も膝をついてシロの頭を撫でる。狼は寝そべったまま尻尾を振った。

「押し込みだってよ」

「押し込み？」

「千住宿の大店に強盗が入ったっていうんだ。夜中にどっと押し寄せて来て、あっという間に蔵のものを全部持って行っちまったとよ」

「へえ」

「押し込んだときに店の主人に誰かと訊かれて日本左衛門だとかぬかしていたらしい」

「日本左衛門って誰だっけ」

「俺たちが生まれるずっと前の盗賊だよ」

「そいつがまた現れたの」

「そうじゃない。名を騙ったただけだ。まあ、本当に言ったかどうかは知らねえぞ。瓦版屋が話をおもしろくするのに盛っただけかもしれねえ。本物の日本左衛門はとっくの昔に首を刎ねられているよ」

「うわあ、こわい」

「なんだか知らねえけど、ずいぶん間抜けな押し込みみたいだぜ」

「どうして？」

「蔵の中のものはうまいことかすめとったけど、肝心の小判はほとんど無事だったらしい。主人が一枚上手だったんだな。床の下に隠しておいた千両箱には気づかれなかったってよ」

「あらら、憐れだねえ」

芝居なら道化方だ。

「押し込みだなんて、いまどきまだこんな馬鹿をやる連中がいるんだな」

ふわあ、と権太があくびをした。

「駄目だ。字を読んでいたら眠くなってきた。川開きだからな、いまのうちに寝溜めしておくか」

言ったかと思うと、権太は鼾をかき始めた。持ち主が寝てしまったので瓦版を獣使いの手からはぎとって読んでみた。権太の話したとおりのことが、日本左衛門を気取る盗賊の絵とともにあった。

捕り方はなにをしていたのか。瓦版はそこにはまったく触れていなかった。まあ千住は江戸の外だから、源助たちが出張ることはない。ということは自分もだ。

(もし江戸で起きたらやだなあ)

江戸の町々には番がしっかり立っている。それも京間六十間（約百十四メートル）ごとにだ。そんな大掛かりな盗みを働いたらすぐに露見するだろう。

「シロ、またなんかあったら頼むよ」

首筋を撫でたら、今度はシロが舌でぺろっと舐め返してきた。

「でも、もうあんたに危ない真似はさせたくないな」

ふわふわした毛の下にあるシロの地肌の温もりを感じながら、おはなもこんなふうに自分のことを思ってくれているのかもしれないなと思った。

(権太さんにも無理はさせたくないしな)

地割れのような音を鼻から立てて寝ている権太の顔を見る。痘痕の多い頬に丸い鼻。らんから見ると物心がつく前から見慣れた愛嬌のある顔だけど、どうも世間の女にはもてない。だからか、もう四十だというのに嫁がいない。

十年近く前だったか、なんの悪気もなく「権太さんは所帯を持たないの」と訊いたら、権太は肩に乗せた猿に顔を引っかかれながらこう返してきた。

「俺はこいつらと四六時中いるのが愉しいんだよ。かかあなんて持ったらこいつらとじゃれる暇がなくなっちまうじゃないか」

本音だと思うけど、だからといって一人前の男が一生嫁さんをもらう気がないというわけでもないだろう。

辻斬りの一件で源助がどんな礼をしたのか知らないし、訊くのも野暮だけど、できれば自分からも礼がしたい。といって、長いつきあいなのになにをすれば喜ぶのかというと、ちょっと見当がつかない。

（まあいいや。いつもありがとうって思っていれば伝わるかな）

毎度、考えても最後は同じところに行き着く。考えるのが面倒くさくなって、それより先は考えない。何事においても自分にはそんなところがある。

「じゃあね、シロ。また明日」

立ち上がると、狼はまた尻尾を振った。

今日は権太が言っていたように川開きの初日だ。

両国は夜にかけて、江戸中の人が集まったんじゃないかってくらいのたいそうな人出となる。大川は花火見物の舟で埋め尽くされるし、両国橋に至っては、いまにも誰かこぼれ落ちるんじゃないかってほどの混雑となる。

『京屋座』の芝居も今日ははねるのが早い。演じるとうの役者たちが気もそぞろなのだから仕方がない。この日ばかりは吝嗇な京兵衛も大盤振る舞いで舟を仕立て、近所の旦那衆を呼んで舟遊びに興じる。おかげでこっちも小屋を独り占めして高いところから気ままに花火見物ができる。今年は、おはなとみつと三人で眺めるつもりだった。

昼七つ（午後四時）。日暮れまでまだ一刻はあるという時間に仕事が終わった。

長屋に戻って井戸の水で化粧を落としているところに、おはなやみつが帰ってきた。

「すごい人だね。こんなにたくさんの人を見るのはわたしははじめてだよ」

みつは広小路の賑わいに驚いていた。

「みんな待ち焦がれていた川開きだからね」

おはなは「これ、食べて」と持ち帰ってきた包みを開けた。らんは目玉が飛び出しそうになった。包みの上には四角く黒い塊があった。塊の表面は艶々とした光沢を放っていた。

「よ、羊羹じゃない！　どうしたの、これ」

「いつものよ。堺屋の若旦那」

「差し入れてくれたの？」

「舟を出すから一緒に食べようって。悪いけど先約があるのって言ったら、じゃあここで食べようって。しょうがないから食べたわ。残った分はもらってくれと押しつけられちゃった。だから二人で食べて」

「堺屋の若旦那、あたしには神様だよ」

どんな助平か知らないが、気前の良さは江戸っ子の鑑だ。

「羊羹かあ、嬉しい。このところ無性に甘いものや酸っぱいものがほしくて」

みつも目を輝かせていた。

「麦湯屋の仕事は立ちっぱなしだもんね」

棹になった羊羹に包丁を入れて分けた。ほどよい大きさにして、口に運ぶ。ねっとりした歯応えを感じたかと思うと、口中に品のいい甘みが広がった。

「あー美味しい。沁みる。あたしは今日このために生きてきたんだってわかる」

ううう、と袖を顔に当てて泣き真似をする。みつも頬に手を当て、うっとりした顔を作った。

「生きててよかった。こんな贅沢していいのかなあ。なんだか罰が当たりそうだよ」

「川開きなんだから、これくらいいいでしょう」

おはなは嬉しそうな二人を前に、満足げな笑みを浮かべていた。

三人で笑いあっているところに「よっ」と達吉が現れた。

「あら、達ちゃん。どうしたの」

「近くを通ったんで、いるかなと思って寄っただけさ」

はれの日だからか、達吉はいつもは見ない黒い縞の小袖を着流していた。腰には小紋の入った巾着をぶら下げている。

「どうだ、どっかの羽振りのいい若旦那かなんかに見えるだろう」

戸口に立って胸を張る達吉は意気揚々としていた。この格好を見せたかったのかもしれない。

「どうしたの。なんかいいことでもあったの？」

「別になんにもないよ。捕物だよ」

「捕物？」

女三人で顔を見合わせた。

「こんな日だ。絶対に掏摸（すり）が出る。どっかのいなせを気取った若旦那がぼーっと花火を見上げてりゃ掏摸も寄ってくるだろう。そいつをとっ捕まえるんだ」

「達ちゃんが？」

「そうだよ。決まっているだろう。この間の辻斬りのとき、お前だって夜鷹に化けて囮になったじゃないか。あれと同じだ。今度は俺が掏摸をおびき寄せるんだ」

「そんなにうまくいくかな。源助さんはなんて言っているの」

「好きにしろってよ」

「笑っていなかった？」

「そういや笑っていたかな」

また女三人で顔を見合わせた。誰からともなく「ぷっ」と笑いがこぼれた。すぐに「あははは」と大笑いに変わった。

「なにがおかしいんだよ」

「いやもう、達ちゃんらしいなって」

「なんだよ、それ。おみつちゃんまで笑いやがって」

達吉も源助を介して麦湯屋を紹介したときに、みつとは知り合っている。みつの店は番屋の前だから、いまではほとんど毎日顔を合わせている仲だった。

「そういや、今日はおみつちゃんも気をつけてくれよ。兄貴が言っていたぜ」

達吉に名指しされて、みつが「え？」と笑いを引っ込めた。

「川開きには普段は両国に来ない連中も来る。まさかとは思うけど、おみつちゃんのことを追いかけていたっていうやつらとばったり出くわしたりすることもあるかもしれないだろう。だから一人で歩いちゃいけねえよ。用心しとくれってね」

「ありがとう、達吉さん」

「源助の兄貴が言っていたんだよ。まあ、なんかあったら番屋に飛び込んでくれ。じゃなきゃその場で奈落の源助の名を出しゃあいいよ」

安吉たちと偶然会うかもしれない。そのことは言われなくてもいつも頭にあった。油断は禁物だった。

（達ちゃん、ありがとう。これを言いに来てくれたんだね）

くだらぬことを勘ぐって悪かった。

「俺も広小路にいるからよ。またあとでな」

言うだけ言うと、達吉は長屋から出て行った。

「もう少し早く来れば羊羹を分けてあげられたのにね」

おはなは達吉の間の悪さが気の毒そうだった。

「囮だとか言っていたけど、空振りに終わるといいわね」

「そうだね。掏摸だって捕まりそうになったら暴れるだろうし、近くに仲間がいたら逆に囲まれてやられちゃうかも」

言っちゃ悪いが、達吉はあまり腕っ節が強い方ではないだろう。人をのしているよりのされている場面の方が頭に浮かびやすい。

「達吉さんは源助さんに早く認められたいんでしょうね」

みつにも達吉の源助への憧れが見えているようだった。

「無理しなくても、源助さんは達ちゃんを大事にしていると思うけどな」

「らんちゃん、辻斬りのときに手柄を立てたんでしょう。達吉さん、早く自分も功を立てたいって焦っているのかな」

「手柄を立てたのはシロだよ」

「じゃあ、狼に負けじと頑張っているのか」

「達ちゃんだったら、獣相手でも本気で張り合いそうだ」

笑い声がまた九尺二間の部屋に響いた。


浅草寺の時の鐘が鳴ってしばらくすると、川開きを告げる昼花火が上がった。

どん、という音に、日暮れ間近い大川に詰めかけた群衆が「おお」とどよめく。広小路はもうすでに人でいっぱいだ。両国橋は花火見物を決め込んだ人たちが欄干に取り付いている。橋の真ん中だけは人が行き交っているけれど、人が多すぎて芋虫がもぞもぞと身をよじっているように見える。

「わあ、どこからこんなに舟が集まるんだろう」

櫓を覆う幕の合間から見る光景に、おみつは驚いている。『京屋座』の櫓からは広小路の喧騒も、両国橋の有様も、大川に浮かぶ川遊びの屋根舟や小舟の群れも一望できた。

「わたしも不思議」とおはなが呟く。

「夏になると源平合戦みたいに舟が湧いてくるものね。江戸中の船宿が舟を出しているんじゃない」

川面に浮かぶ大小の舟は、確かにこうして高いところから見ると話に聞く壇ノ浦や屋島の合戦を彷彿とさせる。異なるのは乗っているのが武者ではなく遊び客だということだ。裕福そうな男女を大勢乗せた豪勢な屋根舟もあれば、それを当てこんで食べ物や手持ち花火を売ってまわる小舟もたくさんいる。あのどこかに京兵衛や花二郎を乗せた舟もいるはずだ。

川からはときどき風に乗って怒声も聞こえてくる。あんまり舟が多いものだから、ぶつかりあって喧嘩になっているのだろう。

「どれ、あたしたちも景気づけに太鼓叩いちゃおうか」

らんは立ち上がると桴を握った。

「勝手に鳴らして怒られないの？」

みつが訊く。

「いいの。毎年鳴らしているから」

座元が旦那衆を招く川舟には乗せてもらったことがないし、これからもそんな贅沢な遊びとは無縁かもしれないけれど、小屋の櫓は好きに使わせてもらえる。これは童の頃かららんに許されてきた特権だった。太鼓も、この日ばかりは好きに鳴らしていいというか、勝手に桴を振るってもなにも言われずに済んでいた。お目こぼしだ。

どん、どんどんどん、と太鼓を叩いた。はじめゆっくり、だんだんと早打ちにして音も高くする。伝わってくる空気で、広小路の群衆が櫓を見上げているのがわかる。木戸は閉まっているから景気づけの太鼓だというのはみんなわかるはずだ。

「いいぞ！」

「もっとやれ！」

下から声がした。興が乗ってどんどん叩く。広小路から歓声が湧く。

「うひい、疲れてきた。二人とも手伝ってよ」

空いている桴をおはなとみつに渡した。かわるがわる叩く。幕の内側にいるのが女と知らない群衆は「鳴らせ鳴らせ」と囃し立てる。景気をつけたらつけかえされたといった絵だ。愉しい。

ひとしきり叩いて汗をかいてきた頃、暮れた空に一発目の狼煙（のろし）花火が上がった。

両国橋の南側にひゅるひゅると昇った花火が、ばん、と炎の花を咲かせた。

「たまやあ〜！」

誰かの掛け声が響き渡る。

「馬鹿、あっちは鍵屋（かぎや）だよ。かあぎやあ〜〜！」

他の誰かの声。両国の花火は、大川の下手は老舗（しにせ）の鍵屋、上手はあとから入ってきた玉屋（たまや）が花火を上げる。掛け声はなぜか新参者の「玉屋」が多い。

今度は橋の北側で本当に玉屋が花火を上げた。「たまやあ〜！」とまた声がする。それを飲み込むように人々の歓声が響く。

もうみんな太鼓の音は聞いていない。川の上の空を仰いでいる。らんは櫓の幕をめくった。あとは花火見物だ。

狼煙花火で空が賑やかなら、川面も仕掛け花火で華々しい。川も橋も道も、押すな押すなの大盛況だ。本当に江戸中の人が集まったんじゃないかというくらいの人出だった。

半刻ほどは経ったか。花火は相変わらず、間を空けずに打ち上がっている。

羊羹しか食べていなかったから腹がぐうと鳴り出した。おはなとみつに確かめると「わたしも」と言うので、櫓を下りてなにか買うことにした。

広小路に出た。人、人、人で、手でもつないでいないとはぐれてしまいそうだ。

人混みを縫うように歩いて、屋台が並ぶあたりに来た。

「おはなちゃん、なに食べる？」

「なんでもいい。らんちゃんは？」

「あたしは天ぷらと鮨。おみつちゃんは？」

「わたしも鮨」

鮨は一貫四文、天ぷらも四文から。なんでも四文で買えるのが両国のいいところだ。

鮨屋の前まで来たときだった。

「おさえ」

横から声がした。誰を呼んでいるのか、振り向くと品の良さそうな顔立ちをした若い男がこちらを見ていた。

「おさえ、こんなところにいたのか」

目の端に、かたまって動かずにいるみつがいた。

「人違いです」

みつが駆け出して人混みに紛れた。

「おさえ、待ってくれ！」

男が追いかける。らんとおはなも続いた。

「おさえ、おさえ！」

叫びながらみつを追う男は誰か。安吉の仲間か。けれど、そうは見えない。

「おい、押すなよ！」

通行を遮（さえぎ）られた男が怒鳴った。若い男はみつを見失ったようだった。

「おはなちゃん、おみつちゃんをお願い。あたしはあの人を追ってみる」

頼むと、「わかった」とおはなが頷いた。

らんは若い男から目を離さず、距離をとったまま後をつけた。みつはどこに行ったのか。小屋か、でなければ長屋に戻っただろう。

男はしばらくあたりをさがしていたが、やがてあきらめてさっきの鮨屋の屋台に戻った。店の主になにかを訊いている。きっとみつのことだ。

（どうしよう）

話しかけるならいまだ。若い男は見た感じは善良そうだ。髷は床山に行ったばかりのようにきれいだし、格子柄の小袖も誂えて間もないといった感じ。顔も色が白く優しげだ。ごろつきの類ではない。むしろその逆の育ちの良さを感じる。

迷っているうちに、男より少し年配の別の男が現れた。おもいきって男たちの死角から近くに寄ってみた。

「本当におさえに間違いないんですか？」

もう一人の男が確かめているのが聞こえた。

「間違いない。おさえだ。わたしに声をかけられて慌てて逃げた」

「なにも逃げなくてもいいものを」

「まったくだ。だが無事とわかってよかったよ」

「江戸にいたのですね」

「ああ……もう少しのところだったんだけどな」

「一人だったのですか。それとも連れがいましたか」

「誰か若い娘たちといたような気もするのだけど、そう見えただけかもしれない」

らんとおはなのことはちゃんと覚えてはいないようだった。

「残念だけど、この人出じゃ見つからないでしょう。日をあらためてさがしに来ますかね」

「父には言わないでくれ。他言は無用だぞ」

「もちろんですよ。気が晴れるまでおともします」

おささんって誰ですか。男たちに割って入って尋ねたかった。

しかし、そんなことをしてしまえば逆に質問攻めにされるだろう。それはみつの望むことではないはずだ。

若い男はこちらには気づいていない。本人が言うように、みつしか目に入っていなかったのだろう。

こうなれば探偵だ。

みつはおはなにまかせて、男たちをつけた。

まだあきらめきれないのか、若い男とその連れはいったん広小路を端から端へと往復したが、やがて両国橋の近くまで戻ると河岸に下りた。この間、辻斬りを捕らえた桟橋のあたりだった。

男たちはそこからつないである川舟をいくつか跨いで、その先にとめてあった屋根舟に乗った。どこの船宿のものか、浮かんでいる舟のなかでもかなり大きい立派な舟だった。舟には男や女がたくさん乗っていた。相当なお大尽のようだ。

「ねえ、おじさん。あの舟ってどこの人たちか知っている？」

すぐ手前に小舟を浮かべている手持ち花火売りの男に話しかけた。

「どれだ。あれか？」

「そう、あれ」

「お前、知っているか」と花火売りが小舟の漕ぎ手に訊いた。

「さあな。あれは両国の舟じゃないな。下ってきたか、上ってきたか、どっちかだな」

銭でも渡して探りに行ってもらおうかとも考えたけれど、ここまでだった。花火売りの舟は近くにいた別の屋根舟に呼ばれて岸から離れてしまった。

見ると、男たちを乗せた屋根舟も離れて行く。

（おみつちゃんに訊くか……）

ばっ、と風を裂く音がすぐ横で響いた。とっさに向くと、近くに花火師たちを乗せた舟がいた。竹筒が火を吹いたところだった。仕掛け花火ではなく狼煙花火だった。

どおん、という轟音（ごうおん）が鳴り響いた。真上で花火が開いた。

無数の火の粉が降ってくる。炎の雨だった。見上げていると炎に四方を囲まれた。まるで炎の傘だ。まわりの舟の上から「おおおっ」という男たちの叫びや女たちの嬌声が上がる。

「いよおっ、五両！」

どこかの誰かが五両もはずんで花火師たちに上げさせたらしかった。毎日、食べていくのがやっとの身には信じられない贅沢だ。もし京兵衛だったら「そのぶんあたしに寄越せ！」と首でも絞めてやりたい。

花火がこのまま落ちてきたら広小路が火事になりそうだったけれど、火の粉は宙に炎の尾を描くと、すうっと消えていった。

こん！　と近くになにかが落ちて跳ねた。ころんころんと転げて、らんの足元までできた。椀のような形をしたそれに、しゃがんで触れてみた。

「熱っ」

花火の殻だった。まだ熱を持っている。頭に当たらなくてよかった。

冷めたところで殻を拾い、小屋に戻った。番をしていた米蔵のほかは誰もいなかったので、長屋に帰った。

戸を開けると、行灯に照らされておはなとみつがしんみりした調子でなにかを話していた。みつははじめて会ったときですら見せなかった神妙な顔をしていた。

「らんちゃん、ごめんなさい。聞いてくれる」

みつはらんがおはなと並んで座るのを待って、口を開いた。

「実はわたし、盗賊の一味だったんだ」

八

「とざいとおおざーーーい！」

広小路にらんの声が響き渡る。

「いよっ、女芸者！」

通行人から声がかかる。木戸芸者もはじめてから半年近い。自分が両国の風物のひとつになってきたのを実感する毎日だ。

「どなた様もお引き立てありがとうございます。本日、案内役をあいつとめまするは生まれも育ちも両国は『京屋座』、小屋の楽屋を産湯がわりに、芝居台詞を子守唄がわりに育ったらんでございまする〜〜」

「よおおっ、らん！」

ぱんぱん、と拍子が鳴る。木戸芸者はあくまで芝居の引き立て役だけど、口上の際には名乗りを上げる。これも毎日やっているうちに名前を覚えてもらえるようになった。

「ありがとうございます。ありがとうございます。さてさてお集まりの皆々様、本日当座にて上演の『怪談勧進帳』、なに『勧進帳』とどう違うのかと。それはもう怪談でございますから背筋がぞっといたしますこと請け合いでございます」

口上を述べていて、(ああ、この馬鹿な芝居を披露しなきゃいけないのか)と思う。

『『怪談勧進帳』は『勧進帳』の後日談にてございます。加賀国は安宅で無事関所を越えた義経一行。これにて無事奥州へ辿り着くかと思えば道を間違えてしまいます。行った先はなんと奥州とは真逆の西国。ここで相見えるは壇ノ浦の藻屑と消えたはずの平中納言知盛に安徳帝……」

　そこまで言ったところで「おい、そりゃ大物浦の段じゃねえのか」と野次が入った。織り込み済みなので、ここは「にっ」と笑ってかわす。

「ご明答にてございまする」

　平知盛の幽霊が登場するのは『義経千本桜』の二段目だ。京兵衛は『勧進帳』に幽霊を登場させるために強引に二つの演目をくっつけたのだ。いいとこ取りと言えば聞こえはいいが、いかにも安易過ぎる。しかもそのあとにとってつけたような創作が足されていた。

「過ぎたはずの西国に逆戻りの義経一行。無限に織りなす知盛の呪いにさしもの義経もついに敗れて己も幽霊となり果てまする。そこで義経、なにを思うたか知盛と手を携え、飛んでゆくは鎌倉」

　ここからは京兵衛の創作だ。義経と知盛が頼朝を追いかけ回して呪い殺す。最後は出てくる全員が幽霊になるという筋書きである。なんでも、嫌がる仁吾郎に無理矢理狂言を書かせたとかなんとか。

「あとは見てのお楽しみ。さて、皆様、お手を拝借。あ、それ右の手を前に、次は左の手を前に、手の平は下に、肘をこう曲げて、両手は胸の前に、はい、わたくしめと一緒にご一唱をば」

ふうと息を吸い込み幽霊の声色に変える。

「うううらああめええしいいやあああ〜〜〜〜」

何人かが合わせてくれた。

「それもう一度！　うううらああめええしいいやあああ〜〜〜〜」

今度はみんなが合わせてくれた。場が笑いに包まれた。

（まあ、観てもらえたら最後は受けるだろうな）

鎌倉の段は滅茶苦茶だ。セリや廻り舞台、幕を派手に動かしての鬼ごっこになる。怪談というより笑いを呼ぶような狂言になっている。京兵衛らしいといえばらしい芝居だ。

幸いにして客はどんどん木戸をくぐってくれた。どうなることかと案じていたが、両国の客は「おもしろければなんでもいい」といった気風なので助かる。

出番が終わったところで羽織を脱いで、みつのいる麦湯屋に行った。

川開きの夜から五日、みつは外に出る売り子はやめて奥で湯を沸かす仕事をしていた。みつの打ち明け話を聞いた源助の指図だった。

「麦湯ちょうだいな」

ひょっこり現れたらんに、みつが笑顔を見せた。

「来てくれたんだ」

「心配だからね」

「なにが心配？」

「全部」

「ありがとう」

みつの顔は晴れ晴れしている。五日前、胸に溜めていたものをすべて吐き出したせいか、ここ数日は前はどこか翳(かげ)りのあった顔が清々としている。けれど、それがらんには不安にも感じるのだった。

店の奥に置いた縁台に座って出された麦湯を飲みながら、あたりを見回す。誰も聞いてはいない。

「源助さんはいるの？」

目の前の番屋を見る。

「さっき出て行ったよ。先回りするって」

「達ちゃんは」

「番屋の中で待っている」

「ごめんね。あたしも行きたいんだけど」

「いいの。これはわたしの罪滅ぼしなんだから」

今日、みつは安吉に会う。そう決まっていた。


事の次第は、五日前に遡る。

あの晩、みつはらんとおはなにすべてを話してくれた。

「わたしは、盗賊の手先だったんだ……」

安吉とその仲間たちは盗賊だった。

それをみつが知ったのは、江戸に来てからだった。安吉は、川越の奉公先だった乾物問屋から逃げるときに小判を盗み出していた。それだけではない。「江戸で暮らすには銭が要る」と、みつに手引きさせて呉服屋から上等な反物を何枚も盗んでいた。売れば何両かになるような品々だった。

江戸で転がりこんだ先は、表向きは指物屋だったが、胡散臭い男たちが出入りする場所だった。江戸では真っ当な暮らしがしたいと願っていたみつは「こんなところにいたくない」と安吉に訴えたが、「お前ももう盗人だろ」と言われるとどうすることもできなかった。

「後悔しても遅かった。川越で安吉に会ったのが悪かったんだね。わたしが馬鹿だったの」

　安吉が欲しかったのは、自分ではなく金だった。なんでそんなことに気付かなかったのか。川越に戻ったところでお縄になるだけ。みつはもはや後戻りできないところに自分がいることを知った。

　それでも、まだどこかで安吉を信じたい気持ちがあったのか、「ひと稼ぎしたら夫婦になろう」と言われると、川越から逃げたときと同じように「はい」と頷いてしまった。

「俺だっていつまでも悪いやつらとは一緒にいたくねえんだ。できればお前と上方にでも行って店を持ちたい。誰も俺たちを知らないところに行って、二人でやり直そう」

　安吉は優しい声でそう口説くと「一年でいい、品川の廻船問屋に奉公に入ってくれないか」と頼んできた。

「知り合いの口入屋に頼まれたんだ。誰か若くてよく働くいい女中はいないかって」

　戸惑うみつに、安吉は「一年は長いかもしれないが、なあに、過ぎちまえばあっという間だ。一年経ったら上方に行こう」と口説き文句に飴を混ぜてきた。

　奉公先の『播磨屋』は、品川でも一、二を争う大店だった。みつは「さえ」という名を騙って『播磨屋』の屋敷に奉公に上がった。名を変えたのは、川越の一件で足がつくのを用心してのことだった。

　奉公先で、みつは甲斐甲斐しく働いた。女中頭や主人に気に入られて、厨の仕事だけでなく、若旦那である清吉の身の回りの世話をするようになった。

半年経って、はじめて三日間の休みをもらったときだった。江戸の安吉のところに戻ったみつは、押し込みのたくらみを明かされた。

「お前はなにもしなくていい。蔵の鍵を持ち出すか、できなきゃ在り処を突き止めてくれりゃいい」

恐ろしい企てにみつは首を振った。

「そんなことできるわけないじゃない」

盗みの手引きは川越の一度きりで懲り懲りだった。

「安吉さん、まさかあんた、最初からわたしに手引きをさせようと……」

詰め寄るみつに、安吉は「違う」と言った。

「俺もそんな気はなかった。だけど、仕方ねえんだ。俺も脅されているんだ」

「どういうこと？」

安吉によると、頭領格の仲間から押し込みの手はずを整えるよう命じられているのだという。

「できなきゃ、川越の件をばらすと言われてな。そうなりゃ、俺もお前もおしまいだ」

「そんな……」

八方塞がりだった。

押し込みの決行日は半年後、品川神社の祭礼の日と決まった。その晩までにみつは『播磨屋』の金蔵の鍵の在り処を突きとめる。そのうえで神社に行き、店の者たちが寝静まった頃、見物客を装った安吉たちを店の裏口など人目につかないところへと手引きするということになった。あとは店に押し入った安吉たちが店の主人や奉公人に匕首を突きつけて縛り上げる。そして鍵を奪い、金と金目のものをすべて運び出すという手はずだった。

「お前はそれまではいままでどおり『播磨屋』に奉公していろ。おかしな気は起こすなよ」

みつは頷くしかなかった。

それから五月が過ぎた。

みつは江戸に来た。

安吉に会って、押し込みを思いとどまらせるつもりだった。『播磨屋』の主人一家には何も告げていなかった。ただ「お世話になりました」とそれだけ、文を置いて店を抜け出した。

隠れ家に行ったみつは、そこで安吉が他の女と同衾しているのを見てしまった。

やはりこの男は信用できない。こうなると安吉の口にしていたことがすべて出鱈目だったとしか思えなくなった。

みつは言おうと思っていたことを言うのも忘れ、その場から逃げた。足が勝手に動いた、そんな感じだった。安吉とその仲間たちが追ってきたので、川舟に身を潜めた。そして、らんとおはなに出会ったのだった。

「なんてやつだろう」

聞いていて腹が立つことこのうえなかった。

「でもね。裏切ったのはわたしも同じなんだ」

そう呟くと、みつは『播磨屋』の若旦那と自分との関係を話した。身の回りの世話をするうちに、二人は男女の仲になったというのだ。

「若旦那、清吉さんは優しい人でね。奉公人のわたしたちがなにかするたび、どんなに小さなことでも必ずありがとうと言ってくれる人なんだ」

その清吉に気に入られようと、みつは仕事に励んだ。

「もちろん、最初は金蔵の鍵の在り処を探ろうと思っていたんだけど、毎日清吉さんの顔を見ているうちにそんな気持ちはなくなっちゃって……」

清吉もみつと毎日接しているうちに心になにかが生じたようだった。ある日、みつが部屋の掃除を終えて出ようとすると「待っておくれ」と声をかけてきた。

「菓子がある。おさえも食べないかい」

滅相もない、と逃げようとしたみつに清吉は「そう言わず、少し話の相手をしてくれ」と言ってきた。

思わぬ出来事に心の臓が音を立てていた。そのなかに喜びが混ざっていることにみつは気づいていた。

「おさえは川越の出だったね。どんなところなのか話してくれるかい」

清吉に請われ、砂糖菓子を頬張りながら安吉や奉公先での一件は伏せて自分の生い立ちを話した。

「そうか。わたしなど及びもつかない苦労をしてきたんだね。よく曲がらずに生きてきたね。感心するよ」

そう言われて、落涙してしまった。

「わたしは曲がったことをしてきました。そう言いたかった。でも言えなかった」

みつの涙に清吉は慌てた。

「悪かった。なにか辛いことを思い出させてしまったんだね。泣かないでおくれ」

気づくと清吉の胸のなかにいた。優しく抱かれ、みつは泣き続けた。

その日から、二人は他人には明かせぬ間柄となった。

「清吉さんには旦那様が決めた相手がいたんだよ。なのに……」

いけないと思いながら、関係が続いた。深入りすればするほど、自分のしていることを、自分自身を、責めるようになった。

「もうわたしはどうなってもいい。でも清吉さんに迷惑はかけたくなかった」

安吉を思いとどまらせることは難しい。ならば自分が『播磨屋』から姿を消せばいい。手引きする者はいなくなり。押し込みはできなくなる。そう覚悟してみつは江戸に戻ったのだった。

「じゃあ、さっき声をかけてきたのが……」

「そう。清吉さん。あの人が『播磨屋』の若旦那。まさかここで会うだなんて」

涙をこぼすみつに、おはなが手ぬぐいを差し出した。

「おみつちゃん、よく話してくれたね」

「おはなちゃんとらんちゃんには、いつか話さなきゃいけないと思っていた。ごめんね。嘘をついていて」

「嘘なんかついていないじゃない。ただ、話していないことがあっただけ。そんなことを言ったら、わたしだって話していないことがいっぱいあるよ」

「ありがとう。でもさ、こんなわたしといたんじゃおはなちゃんとらんちゃんに面倒がかかる。わたしを源助さんに突き出して。わたしは盗人の手先なんだよ。わたしも図々しいよね。最初、らんちゃんから源助さんの話を聞いたときはどうしようかと思ったけど、目明しの親分に頼ればあいつらから守ってもらえるんじゃないかって、虫のいいことを考えていた」

「突き出しなんかしないよ」

　らんは言った。

「でも源助さんには話そう。前に源助さん言っていたよ。あたしや達ちゃんは違うけど、目明しの手伝いをしているのはたいてい脛に疵持つようなやつばかりなんだって。昔の咎は問わない。そのかわりに目明しを助ける。そうやって世の中のために尽くせばいいんだって」

　だから、と力をこめた。

「なにもかも源助さんに話して守ってもらおう。安吉なんか怖くない。源助さんがどうにかしてくれるよ」

「それがいい」

　おはなも頷いた。

　夜が明けて、すぐに源助をさがしに出た。目明しは自分の長屋には帰らずに達吉と番屋で寝ていた。前の晩、遅くまで見回りに出ていたらしい。達吉は、結局、掏摸には出くわさずに終わったようだった。

「なんとね、そういうことだったのか」

　目を覚ましてみつの打ち明け話を聞いた源助は、嘘をついた非礼を詫びて頭を垂れるみつに温かい言葉をかけてくれた。

「おみつ、よく打ち明けてくれたな。顔を上げろ」

みつは顔を上げたが肩が震えていた。

「川越でお前がしたことは確かにいけねえ。だが悪いのは安吉だ。弱っているお前につけこんで盗みを働くとはいかにも悪党のしそうなことだ」

「兄貴、すぐにも安吉の野郎をしょっぴきに行きましょうよ」

達吉は張り切っていた。

「待て。慌てててことを仕損じたらまずい。それにこれは俺一人じゃ無理だ」

同心様に相談する。源助はそう言うと八丁堀に出かけた。


それから、話は目まぐるしく動いた。

次の日の夕刻、源助はみつやらんを呼ぶと明かした。

「大捕物になるぞ」

源助から話を聞いた同心は、すぐに上役の与力に報告した。話は奉行所の外にまで伝わり、品川宿を受け持つ道中奉行にまで及んだ。

「押し込みの一言が効いたな。あっという間に決まっちまったよ」

先日も千住宿で押し込み強盗があったばかりだった。源助によると、数年前から江戸の内や外で押し込みがたびたび起きており、そのたびに捕り方は後手を踏んでいたという。

「盗賊一味は少なくとも三十人はいる。用心深い連中だから普段はひとかたまりにはなっていないはずだ。一人や二人捕まえたところで、他のやつらに気づかれて逃げられちまったら元の木阿弥だ」

そこで盗賊一味を一網打尽にすることに決まった。

品川神社の祭りの夜、盗賊たちが謀ったとおりに『播磨屋』に押し込みをさせ、そこを一気に召し捕る。これが奉行所が立てた策だった。

『播磨屋』にもすぐに役人が向かい、主人の協力を取り付けた。先日の辻斬りのときとはまったく違う動きの速さだった。お奉行様よりもっとずっとえらい、若年寄だかそのへんの人が号令をかけたのかもしれないという話だった。このあたりになると、源助にもその上の同心にもよくわからない。とにかく、江戸やその周辺の治安を預かる誰かの面目がかかっているらしかった。

「で、おみつ。すまないが一役買ってくれ」

押し込みをおびき寄せるには、みつの手引きがいる。一度は逃げたみつだが、思い直した体で安吉に会い、計画を進めさせることにした。

「そんなことをしたら、おみつちゃんがあいつらになにされるかわからないじゃない」

がまが口を開けているところに虫が飛び込むようなものだ。らんがそう訴えると、みつが「わたし、行きます」と言った。

「わたしが行けば、あいつらは安心します。安吉のことだから、わたしがまだ自分に惚れていると思うはず。あいつらを必ず品川に引っ張り出してみせます」

「会ったら、ぶったり蹴ったりされるんじゃない」

「覚悟の上よ。たぶん痛めつけられることはないと思うの。あいつらにとってわたしはまだ使える道具だから」

「でも心配だよ」

「大丈夫よ。あいつらがほしいのはわたしじゃなくて銭だから」

ねえ、らんちゃん、とみつは逆に説得してきた。

「これはわたしの罪滅ぼしなの。ううん、こんなことで許されるとは思っていない。だけど、わたしにできることはやりたいの」

そこまで言われると、らんも黙るしかなかった。

「らん、心配すんな」と源助が頷いた。

「おみつには達吉をつける。俺と何人かで気づかれないようにそいつらの店を囲む。なにかあったらすぐに飛び込んでおみつを助ける。おみつ、身の危険を感じたら叫べ。口でも押さえられて叫べないときは暴れて音を立てろ。唸ってもいい。そのときは押し入る」

「はい」

「それと、表で麦湯を売るのはやめろ。これが終わるまでは奥で働くか休むかしろ。話は俺がつける」

「はい。承知しました」

みつが売り子をしていないのは、安吉やその仲間に万が一でも見つからないためだった。

「わたしも、そろそろ支度しなきゃ」

みつがそう言うと、かわりに売り子をしていた店の女房が「おつとめごくろうさん」と声をかけてきた。麦湯屋の主人や女房には、源助に用を頼まれているとしか言っていない。が、二人ともなにか承知しているふうだった。麦湯屋の夫婦は源助とは長いつきあいだ。語らずともわかることがいろいろあるのだろう。

「おみつちゃん。一緒に行けなくてごめんね」

安吉たちの指物屋は神田明神近くにある。できれば自分もついて行きたい。とはいえ、いちおうは初演の日に木戸芸者が木戸を放り出すわけにもいかない。

「昼日中（ひなか）だし、大丈夫よ。達吉さんがいるし」

「そうだね」

「仕事が終わったらおはなちゃんと長屋にいて」

「うん」

番屋では達吉がみつを待っていた。

達吉は『播磨屋』の奉公人で、みつとともに品川から江戸に使いに出た、ということにする。その使いの帰りに、みつは達吉に頼んで「縁戚のいる指物屋」に顔を出す。その間、達吉は外で待つ。そういう手はずになっていた。連れがいれば安吉たちもおかしな真似はしまいと考えてのことだった。

「達ちゃん、うまくやってね」

脚絆を巻いて旅支度になっている達吉に声をかけた。

「おう。まかせろ」

「顔がひきつっているよ」

「うるせえな」

達吉が笑う。

「おみつちゃんを頼むね」

「ああ」

今度は真面目な顔になった。

二人を見送って小屋に戻った。安直芝居は、幸いにしてそこそこ客が入っていた。

薦張り小屋が西日に染まった頃、落ち着かない気持ちで小屋を出て長屋に帰った。九尺二間の薄暗い部屋には誰もいなかった。朝に作った味噌汁をあたためようと竈に火吹き竹を吹いていたら、矢場からおはなが帰ってきた。

「おみつちゃんは？」

「まだだよ」

「そう。芝居はどうだった」

「まあまあ入ったよ。座元は機嫌がいい。いつもより十文多くくれた」

「よかったね」

「うん」

話がいつものようには弾まない。なによりらんの舌がまわらない。竈に炎が立ち昇った。竹を口から離した。

「あたしも行こうかな」

「どこに？」

「おみつちゃんのいるあたり。あの湯屋と明神様の間くらいだよね」

「そろそろ戻って来る頃じゃないの。行き違いになるかもしれないし、待ちましょう」

「おはなちゃん、あたしわかったよ」

「なにが」

「あたし、待つのは苦手。動いている方がずっといい」

「らんちゃんらしいね」

味噌汁があたたまった。夕餉にはいつでもできる。しかし、みつを待ちたかった。

達吉にともなわれてみつが帰ってきたのは、半刻ほど経ってからだった。

「ただいま」

みつの顔は心なしか青かった。

「どうだった？」

近寄るらんとおはなに、みつのかわりに達吉が「うまくいったよ」と答えた。

「やつら、俺にはすげえ愛想がよかった。そうですかい、『播磨屋』さんの、いつもさえがお世話になっていますってぺこぺこ頭を下げてきやがった。どうぞどうぞって茶に菓子まで出されたぜ。うっかり盗賊だってことを忘れそうになっちまった」

「達ちゃんまで上がりこんだの？」

「いや、向こうもそれは避けたかったんだろう。愛想のいいやつが一人、やたら話しかけてきたんでね、そいつと喋りながら軒下で茶を飲んでいたよ。おみつちゃんはその間に奥で安吉と、もう一人いた親方みたいな男と三人で話していた」

安吉たちはうまいこと達吉をみつから引き離したつもりでいたのだろう。

「うまくいったってことは、その男たちはおみつちゃんの話を信じたのね」

おはなが確かめると、みつは「うん」と小さく頷いた。

「お祭りの晩、品川神社の鳥居の前で会う手はずになったよ」

「目印はこれだ」

達吉が懐から狐の面を出した。

人でごった返す境内ではお互いをさがすのもたいへんだ。あまり顔を晒したくないということもあり、みつと安吉はお互いに狐の面を目印にしたという。祭りの夜だ。面をかぶっていてもおかしくはない。

「おみつちゃん、気が張っていたんだろう。すっかり疲れたみたいなんだ。早く横にならせてやってくれよ」

達吉の言うとおり、みつは憔悴（しょうすい）しているように見えた。

「安吉のやつ、おみつちゃんにあの女とは別れた。ただの遊びだって言ったってよ。おまえにすまないことをしたって、泣き真似までしたそうだ」

「優しくしといて、また騙（だま）そうっていうんでしょ。実は自分が騙されたとも知らずにおみつちゃんを騙せたと思っているんだろうね。とんだ大根役者だね」

らんにはその場が目に浮かんだ。安吉っていうのはどうしようもない阿呆（あほう）のようだ。

「横にいた親方気取りの野郎もへたな芝居を打ったみたいだぞ。女を泣かせるたあ男のやることじゃねえぞとか言って、安吉に説教垂れたんだってよ。で、言うにことかいて俺たちは義賊なんだとかぬかしたそうだ。俺たちは偉ぶっている金持ちから取り上げた物を貧乏人に振る舞って世直しをしているんだ。だからみつ、お前のやっていることは世のため人のためだ、とかなんとか調子のいいことを並べたてていたってよ」

「嘘。あの男たちはそんなことしていない」

みつは呼吸が荒かった。疲れているだけでなく具合が悪いのかもしれない。

「おみつちゃん、いまお布団敷くよ」

おはながみつに声をかけた。

「大丈夫。それよりもたらいを……」

うっ、とみつが口を押さえた。

「おい、どうした。大丈夫か」

みつが土間の隅に置いてあったたらいに向かって背中を丸めた。

「おみつちゃん！」

らんが寄って背中をさすった。みつは「うっ」と唸ったかと思うと、口を開けて「はあはあ」と呼吸を繰り返した。

「なんだ。食い合わせが悪かったか。あいつらに毒でも盛られたか。兄貴を呼んでくるか」

慌てる達吉を無視して「大丈夫？」と背中をさする。

「ありがとう」とみつが細い声で答えた。

「達吉さん、申し訳ないけど行ってくれる。帯をほどいて休ませてあげたいの。今日はありがとう」

おはなに言われ、達吉は「ああ、そりゃ気づかなくてごめん！」と路地に出た。

「俺も兄貴とこのあとのことを相談したいんだった。また明日、番屋で話そう」

「そうだね。達吉さんもおつかれさま」

「いいねえ。美人に言われると疲れが飛ぶよ」

「達ちゃん、ありがとう」

らんも言う。

「おう」

「なんであたしにはおうなのよ」

「いいじゃねえかよ。じゃ、おみつちゃん、ゆっくり休んでくれ。大事にな！」

右手を上げて会釈すると、達吉はご機嫌で去って行った。

「おみつちゃん」

振り返ったおはなの顔がいつもと違って見えた。

「もしかしたら、おなかに子がいるんじゃない」

「……え？」

問われたみつは目を見開いていた。しかし、すぐに思い当たるような顔に変わった。

「わたしのおなかに子が……」

みつは畳に座りこむと、帯の下の腹をさすった。

（おみつちゃんに赤ちゃんが？）

考えてもいなかったことだった。

（だとしたら、父親は……）

まさか、と思ったところで、らんのかわりにおはなが確かめてくれた。

「そのおなかだと身ごもってから日が浅いね。念のため訊くけど、父親は安吉？」

ちがう、とみつが呟いた。

「じゃあ、『播磨屋』の」

今度はこくりと頷いた。

「よかった」

おはなは微笑んでいた。

「おめでとう」

九

楽屋の横の小部屋で一太に木戸芸者の口上を教えていたときだった。

「おーい、らん」

肩越しに京兵衛の声がした。「きた」と思った。

「なんですか？」

笑顔をつくって振り返った。

「ちょっとな。一太、悪いがらんと二人で話があるんだ。外に出ていてくれるか」

はい、と一太が部屋から出た。かわりに京兵衛が板敷の床に腰を下ろした。

「どうだ、一太は。木戸芸者、できそうか」

「もうしばらく稽古をさせたら一緒に出るつもりです。毎日やっていれば慣れてくると思うけど、さすがに一人はかわいそうかな。『中村座』の初演の日はあたしのかわりに誰かをつけてあげてくださいな」

「そうか。わかった」

一太の話をしているが、本当にしたい話は別にあるはずだ。

京兵衛は「ふう」と床に向かって一息つくと、顔を上げた。

「さっき奈落の源助から話を聞いた」

「はい」

思わず身構える。

「なんで俺に言わなかった？」

「……」

どう答えたものか。京兵衛はいつになく真面目な顔をしている。ここはこちらも真摯な態度で臨むべきだろう。出方を間違えたくはない。

「源助さんは座元にどこまで話したんですか」

「こっちが先に訊いているんだ。答えろ。目明しの手伝いをしていると、なんで俺に言わなかったんだ」

「源助さんから聞いてはいませんか。ひょんなことから頼まれたんです」

「聞いたよ。聞いたけど、俺はお前の口から聞きたいんだ」

言われながら、内心で「ああ」と思った。

（だから、座元に話すなら一緒のときがいいって言ったのに……）

小屋の仲間には目明しの手伝いをしていることは話さなくてもいい。最初の頃はそう言っていた源助だったけれど、今回は違った。

「お前の命がかかっているんだ。座元に仁義を切らないわけにはいかない」

そう言い切ると、源助は京兵衛に会うと決めた。「わたしも一緒に頭を下げます」とらんは申し出たのだが、「これははじめに座元に挨拶しておかなかった俺の手抜かりだ。お前はいなくていい」と押し切られた。そしてこの朝、らんが木戸に立っている間に、一人で京兵衛に会って内緒にしていたあれやこれやのことを明かしてしまったのだ。

源助に打ち明けられて、座元は怒っているのだろうか。

怒ってはいるだろう。いままでは蚊帳(かや)の外だったのだから。への字に結んだ口を見ればわかる。

ならば、とりあえずは謝らなくては。

「ごめんなさい！」

両手を床について、おもいきり頭を下げた。ごん、と額が板にぶつかる音がした。

「言わないでいてごめんなさい。小屋にも座元にも迷惑をかけたくなかったんです」

「誰が謝れっつった、この馬鹿野郎！」

やっぱり怒っている。怒っている方に一文。

「顔を上げろ。謝らなくていい」

おそるおそる顔をもとに戻した。意外なものが目に入った。

(え、座元、悲しそう？)

京兵衛のいかつい顔が、どうしてか、いまにも砕けて泣きそうに見えた。

「この大馬鹿野郎、なんでいままで俺に言わなかった。ああいや、もう言い訳は聞かねえぞ。源助から全部聞いた。あたしが悪目立ちすると小屋の芝居でなくあたしの方が評判になっちまうとかぬかしたそうだな」

ちょっと違うけど、まあ、そんな感じのことを口にした覚えはある。それとも源助がそう言ったのだったっけ。

「自惚(うぬぼ)れるな馬鹿野郎！」

一喝された。楽屋にも響いているだろう。

「ご、ごめんなさい！」

「頭は下げなくていい」

「はい」

「『京屋座』の芝居をなめんじゃねえ。お前がいくら別のことで評判になろうが、それで俺たちの芝居がどうこうなるわけじゃねえ。のぼせあがってよけいな心配をすんじゃねえよ」

「は、はい」

「それよか、なんで俺に言わなかった」

これを訊かれるのは三回目だ。ここがいちばんの肝らしい。

「すみません」

「しおらしくしてんじゃねぇよ。らしくもねえ！」

だったら、言わせてもらおう。

「座元がざるだからですよ」

「お？」

「心配かけたくないってのは本当。反対されて、探偵なんかやめろって言われるんじゃないかなとも思った。でも、おもしろそうだからやってみたかっていうのも本当」

「おお」

「だから、いつか言わなきゃと思いながらなんとなく言えずにいた。そのなんとなくの中には、座元に言うと見境なく触れ回りそうだからっていうのがあった。あたしが探偵しているってばれたら、あいつは目明しの手先だってみんなに噂されるでしょ。そうしたら源助さんの手伝いができなくなる」

「ふん、それでか。だけどお前は間違えている。言っとくが俺は口がかたいぞ」

京兵衛が誇らしげに鼻を膨らませた。

「だったら、あたしが七つまでおねしょしていたこととかみんなに言わないでよ。いまでも陰で言っているでしょ！」

「本当のことじゃねえか。それと陰で言っているんじゃねえ。お前の前でも言っているぜ」

「あ、開き直った」

「話の矛先を変えるんじゃねえよ。いちいち話しているのが面倒になってきた。いいから、俺の言うことを黙って聞け」

そいつは無理な相談だ。が、いちおうは聞くことにする。

背筋を伸ばして聞く姿勢をつくった。

「水くせえんだよ。なんで言わなかったんだ」

四度目だ。

「俺はお前のなんだ。お前はどう思っているが知らねえが、五平があああなっちまったいま、俺はお前の親代わりなんだ。少なくとも俺はそう思っている。その俺にこんな大事なことをなんで言わなかった。俺はそれが辛いんだよ」

五度目だけど、数えるのはもうやめよう。

「……ごめんなさい」

謝るのも何度目かだ。

「源助には詫びを入れられたよ。お前が俺に明かしていなかったのは自分がいけないんだってな。ちくしょうめと思ったよ。お前は源助とは秘密を持って、俺とは持たないのか」

「座元……ひょっとして焼餅（やきもち）？」

言わなきゃいいのに言ってしまった。

「馬鹿野郎！」

雷が落ちた。薦張り小屋が揺れる。

「はいっ」

「焼餅か。そうかもしれねえな。それでもいい。俺は自分が情けなくなっちまったのさ。お前に頼りにしてもらえていなかったのかってな」

「そんなことは……」

座元に飛びついて、その目に蓋をしたかった。京兵衛の目元は赤かった。瞳は水溜りみたいに潤んでいた。

「あたしは座元を信じています。頼りにしています。座元がいなきゃ、あたしなんか生きていけないってことは百も承知しています」

これは本当だった。

「目明しのお手伝いには成り行きでなっただけ。やめろって言うんならやめます。あたしの本職は木戸芸者です。あたしは『京屋座』のらんです。座元に一生ついていきます」

「調子のいいこといいやがって」

「あたしが調子がいいのは知っているでしょ」

「けつに黒子(ほくろ)があるのもな」

京兵衛が「ふっ」と笑った。

「次からは大事なことは言えよ。源助の話じゃ見世物小屋のやつらも知っていたっていうじゃねえか。権太あたりが承知しているのになんで俺が知らねえんだ。恥をかかせるな」

このへんで手打ちだ。京兵衛もそのつもりらしい。

「言わなかったことは謝ります。いちばん先に相談しなきゃいけなかった相手に相談しなかった。これはあたしが悪いんです。だから許してください」

もう一度、頭を下げた。

「わかった。この話はもうこれきりだ。これきりだけどなあ……」

未練がましい顔で京兵衛はつづけた。

「辻斬りの一件、俺もその場にいたかったなあ」

「それですか」

「それだよ。お前らだけで愉しいことしやがって。くそっ、つまんねえ」

「こっちは命がけでしたよ」

「命がけだからこそ愉しいんじゃねえか。俺なんざ毎日命がけよ。人生愉しくてしょうがねえ」

「じゃあ、今度は呼びますよ」

源助がなんと言うか知らないが。

「今度は無理だ」

冷静な声だった。京兵衛は真顔に返っていた。

「品川のことだ。源助が教えてくれた。あいつもお役人に口止めされているそうだが、俺には話さないわけにはいかないとな」

押し込み強盗を退治する話だった。

「あいつには、お前を貸すからちゃんと無事に返せよって言っといた」

「座元……」

「品川に行ってこい。行くうえは手柄を挙げてこいよ。うまくすりゃ、うちの小屋がお上に認めてもらえるかもしれねえ」

ああいや、と京兵衛は苦笑いして頭をかいた。

「そんなことはどうでもいい。とにかく無事に帰ってこい。それだけだ」

「はい」

今度はこっちが泣きそうになった。

「帰ってきたら、品川で起きたことをなにもかも話せ。辻斬りと違って、こっちは人に話してもいいんだろう」

「いいけど……いいのかな？」

「いいんだよ。あとは俺と仁吾郎にまかせろ」

「狂言にする気？」

「悪いか。大事な娘を貸してやるんだ。くそおもしろい芝居にしてやるぜ」

泣きそうになって損した。

「でも、おみつちゃんのことは……」

「ああ。適当に濁すから心配すんな。この話はうけるぞ」

はははは、と京兵衛が高笑いした。

「なに渋い顔してんだ。大捕物だぞ。どうせ瓦版にのる。よそが書く前にうちが書いてやる。秋には初演だ。江戸を騒がす盗賊一味を罠に仕掛けて一網打尽。南北先生も腰抜かすぞ。わははは」

「罠に仕掛けるとか言わないで。声がでかいんだよ」

止めようとしたけれど、哄笑（こうしょう）している京兵衛には聞こえないようだった。

品川神社の祭礼まであと二日だった。

祭りの日、品川宿は近辺に住む者だけでなく、江戸からも見物客がやって来る。すでに旅籠（はたご）はいっぱいだろう。そのなかには盗賊の一味もいるかもしれない。

朝、木戸に立ったらんは、呼び込みを終えると、広小路の番屋で出かける支度を整えた。番屋には、おはなとみつも来ていた。

らんはこれから、達吉とともに品川の『播磨屋』を訪ねる。帰るまでの間、小屋の呼び込みは若い役者たちが務めてくれることになっていた。

源助はすでに『播磨屋』に入っている。他に捕り方が何人も、奉公人のふりをして店にいた。『播磨屋』だけでなく、両隣の商家にも捕り方が配置されている。他に品川宿の要所要所に町人や旅人に化けた捕り方が潜んでいた。

源助が言うには、江戸と品川合わせて三百人からの捕り方が動いているという。それが示し合わせて盗賊一味を待ち受け、一網打尽に捕らえる。まさに大捕物だ。

品川で采配を振るうのは、火付盗賊改方という、文字通り盗賊や火付けを取り締まる番方の役人だという。旗本の中でも相当な大身だ。もちろん、らんたち下っ端に目通りなどかなうはずもない。源助にしても、配下になって働く同心の指示を仰ぐのがいいところだ。

ただし、今回はその下っ端の働きがなければ盗賊を捕らえるどころか、誰がそうなのかもわからずに終わってしまう。

「なんか、すごいお方が出てくるんだね」

興奮するらんに、源助が教えてくれた。

「今度の捕物は大立ち回りになるだろう。お奉行様は役方だからな、こういう物騒なのは番方の出番だ。番方ってのは戦でいうなら武者だ。つまり番方の頭は侍大将だな。今回は奉行所のお役人様方も番方の配下として働く。俺たちもだ」

役方だの番方だのとらんにはよくわからなかったけれど、聞いていると、いかにも京兵衛が好みそうな話だった。

品川でのらんの役目は重要だった。みつに化けて安吉たちを『播磨屋』へと手引きするのだ。

みつは赤子を身ごもっていた。

本人に尋ねると、「そういえば月の障りが来ていなかった」と教えてくれた。

「もともとわたしは決まった日には来ない方だったから、これもそうじゃないかと思っていたんだけど……」

違っていた。

「きっとあの晩だ……」

『播磨屋』を出る前の晩だった。いつものように清吉と情けを交わしたあと、ふと思い立ったのだという。

「このままじゃいけない。押し込みをやめさせなきゃって、それまでぐずぐずしていた気持ちに、急に勇気が湧いたの」

そして店を出奔し、江戸に戻った。

「あれはきっと、このおなかの子がそうさせたんだね」

みつは赤子のいるあたりを撫でながらそう言った。

どうすべきか。

品川で、みつには安吉たちを手引きするという大仕事が待っていた。だが、そう決めたときはまだ腹に子がいるとはわかっていなかった。

隠すわけにはいかない。らんたちはすぐに番屋に行って源助に相談した。

「どうかこのことは……」

清吉には内密にしてほしい。そう頼むみつに、源助は「そいつはどうだろう」と釘をさした。

「『播磨屋』の若旦那に面倒をかけたくないというお前さんの気持ちは天晴れだが、それは駄目だ」

清吉とて大人の男だ。

男女が睦み合えば子ができることは承知だろう。承知の上でそれをして子ができたのだから、男として責任をとるべきだ。責任をとるには、自分に子ができたことを知らなきゃいけない。

そう諭す源助に、みつは「でも、わたしは清吉さんたちをたばかったのです」と訴えた。だが、これにも源助は首を振った。

「おなかの子にはそんなことは関係ない。その子を父親のいない子にする気かい」

言葉に詰まったみつに、源助はらんも耳にしたことのない優しい声で言った。

「いいか、おみつ。これはな、お前と、『播磨屋』の若旦那と、そのおなかの子が背負っていかなきゃいけないものなんだ。『播磨屋』の若旦那には許嫁がいるんだろう。お前とは一緒になれない。でもな、だからといって自分に血のわけた子がいるのを知らされずにいるっていうのもむごい話だ。そりゃあ、知ったら知ったでいろいろあろうが、たとえともに暮らせなくても、父親としてできるだけのことは子にしなくちゃならない。俺はまだ独り者の気楽な身分だけどな、もし俺が若旦那だとしたらそう思うぞ」

横でめずらしく黙っていた達吉も「兄貴の言うとおりだよ」と、ぽつりと言った。

打ち明けるのは若旦那だけでもいい。そう話す源助にみつは頷いた。

もうひとつ、らんたちには相談事があった。

「源助さん、品川神社にはおみつちゃんのかわりにあたしが行く」

おなかに子がいるとわかったうえは、みつに危うい真似はさせたくない。みつはそれでも自分が行くと言い張ったが、らんとおはなで説いてやめさせた。そう説明すると、源助は「わかった」と頷いてくれた。

「俺もいまの話を聞いてそう思っていたところだ」

だが、と目明しは思案顔になった。

「うまくやつらを騙せるかだな」

安吉とはお互いに狐の面をかぶって会うということになっている。場所は参道の階段下にある鳥居の横だ。あえて人目につく場所を選んだのは、そこならかえって誰からも怪しまれずに済むからだった。落ち合うこと自体は簡単にできるだろう。

「大丈夫だよ。あたしとおみつちゃんの背格好は同じくらいだし……」

そこで声色を変えた。

「**源助さん、達吉さん、みつです**」

みつそっくりの声に、とうのみつが「いまのはわたし？」と驚いた。

「**そうだよ、おみつちゃん**」

「わたしって、こういう声なの？」

みつは自分の声が他人にどう聞こえるのか、はじめてそれを耳にして驚いている。

「ああ、そっくりだ」

「おみつちゃんの声だよ」

源助と達吉が太鼓判を押した。

「わたしの声って、こんな小鳥みたいに高かったんだ」

みつはびっくりしたままだった。

「もっとやってあげようか」

「恥ずかしい。お願いやめて」

「あはは。恥ずかしがらなくていいよ。どうもみんなそうらしいんだ」

人の声真似をしていてわかったことだった。他人に聞こえる自分の声というものは、自分が聞くとまったく別の誰かの声に聞こえるのだ。だから、その人の声真似をすると、たいていの人は「いまのは誰の声？」と怪訝な顔をする。けれど、まわりの人たちからすれば「お前の声だ」ということになる。

「おはなちゃん、どうだった？」

「あいかわらず上手ね」

おはなも褒めてくれた。

「わたしもうまく出せているかは自分ではわからないんだよ。こんな感じかなと思って出しているだけ」

「らんちゃんの声は鏡みたいだね。これなら盗賊も騙されるんじゃない」

「だけどよ」と達吉が難しい顔をした。

「絶対に面をとるわけにはいかないぞ。うまくできるか」

「とらなきゃいいんだよ。すぐそこに知り合いがいる、見られたらまずいとか、なにか言い訳を見つけるよ」

これればかりは賭けだった。神社の境内にも捕り方は目を光らす算段になっているし、いざとなってもどうにかはなるだろう。

一決した。みつのかわりはらんが務めることになった。

安吉たちの一味を捕らえるには、逃げ場を塞ぐ必要があった。役人たちが考えたのは、一度全員を『播磨屋』の中に入れ、そこを取り囲んで一気に御用にするという方法だった。

ひとつ間違えば犠牲者が出てしまう。捕物に加わる者は、事前に段取りを細かく打ち合わせることとなった。そこで手引き役となるらんも、余裕をもって早めに『播磨屋』に行くことになったのだった。

みつの子のことも、そのときに清吉に明かすことにした。これはらんと源助、二人の仕事になった。

「おみつちゃん、おはなちゃん、行って来るね」

らんと達吉が番屋を出ようとすると、みつが手をとってきた。

「らんちゃん、くれぐれも気をつけてね。なにかあったら、自分の命を大事にして」

「わかっている。おみつちゃんは気楽に構えていてね」

「そう言われても……」

「大丈夫よ。わたしもいるから」

おはながみつの肩をさすった。

「そうだよ。おはなちゃんがいるから」

らんも励ました。

「達吉さん、らんちゃんを頼むわね」

みつはすがるような顔だった。

「おう、まかしといてくれ。この達吉様がついてりゃ百人力よ」

安吉たちに顔の割れている達吉は、店でらんが盗賊を手引きするのを待つのが役目だ。百人力どころか、肝心の神社にはそもそもいない。それでも達吉が同じ品川にいてくれるのは心強かった。

「じゃ、行くね」

今度こそ本当に番屋を発った。

両国から品川には日本橋を通って東海道を行く。女の足でも、歩いて二刻（約四時間）といったところだ。昼に出ても夕方には着く。

達吉と話をしながら、大店が並ぶ日本橋を歩いた。

「達ちゃん、実はさ、あたし品川に行くのはじめてなんだ」

「なんだよ。品川にも行ったことないのかよ」

「そう言う達ちゃんは？」

「ははは。実は俺もないんだ」

「なあんだ」

笑われて、達吉は少しむきになった。

「でもよ。大山詣りには行ったことあるぜ。二年前だ。大山街道をずっと歩いてな。富士がすげえでっかく見えるんだ」

「いいねえ。あたしも行きたい。あたし、江戸から外に出たことないんだよ」

「俺だって、そんな遠出は大山だけさ」

芝居小屋の役者たちは数年に一度、芸事の神様を祀っている江の島に行く。でも自分は行ったことがない。

「いつかお伊勢参りとかしたいな」

「そのうち行ける日も来るだろう。一緒に行くか」

「達ちゃんと？」

訊き返すと、達吉は慌てた顔になった。

「あ、いやいや、みんなでだよ、みんな。源助の兄貴と、あとは……」

「おはなちゃんと、おみつちゃんと、生まれてくる子とね」

「そうそう、それだ」

いまの自分には夢みたいな話だけれど、達吉の言うとおり、本当にいつかはできるかもしれない。

「だったら、ついでに権太さんとシロも誘おう」

「お、いいな。道中でシロに芸をさせて銭を稼ぐってのもありだな。そうすりゃお伊勢さんどころか安芸(あき)の宮島(みやじま)くらいまで行けそうだ」

達吉も夢を膨らませている。存外、気が合うところがあるのかもしれない。

「先にあれ読まなきゃ。『東海道中膝栗毛(とうかいどうちゅうひざくりげ)』」

「うちにあるぜ。貸してやるよ」

「自分で読まないの」

「面倒くせえ。お前、俺の前で声にして読んでくれよ。その方が早いだろ」

「達ちゃんみたいのを、のらくら者って言うんだよ」

「のらくらでけっこうだよ。寺子屋の家なんかに生まれちまったけどさ、なんだか俺は読み書きが苦手なんだよなあ。頭で物を考えるのは好きなんだけどな」

「馬鹿なことを考えるのがでしょ」

「うるせえな。お前だって始終馬鹿なことばっかしているじゃねえかよ」

「失敬な。馬鹿なことってどんなことよ」

馬鹿に馬鹿と言われるのは癪に障る。

「女子のくせに目明しの仕事なんかに首突っ込んで、男に化けて、夜鷹に化けて、今度は狐に化けるときた。これが馬鹿じゃなきゃなんなんだ」

「あはは。馬鹿かもね。でも、馬鹿でいいんだ。愉しいし、誰かのためになってはいるし」

「だからって、こんな危ないことをするのか」

確かに危ないといえば危ない。しかし、そこはあまり考えないことにしている。へたに考え出したら怖気（おじけ）づいてなにもできなくなる。

「だいたい、これってそこまで危ないことなの？」

そう言うと、思ったとおり、達吉は「はあ？」と頓狂（とんきょう）な声を出した。すぐそばを通り過ぎるキセル売りの棒手振り（ぼてふり）がなんだろうという顔で振り返った。

「お前、よほど頭がどうかしているんだな。これが危ないことでなきゃなんなんだよ」

「あたしは危ないとは思っていないよ。達ちゃんたちがついていてくれるんだもの」

達吉本人は『播磨屋』で待機する手はずだが、とりあえずそう言っておく。

「ま、まあな」

案の定、まんざらでもないといった顔だった。けれど達吉は「でもな」とすぐに我に返った。

「危ないことに変わりはないんだぞ。相手は盗賊だ。俺も兄貴も本音を言やあお前にこんな真似はさせたくないんだ」

「あたしも、おみつちゃんにこんな真似はさせたくない」

即座に言い返すらんに、達吉は「うーん」と困った顔になった。

「偽物だと見抜かれたら、その場でばっさりなんてことだってあるんだぞ」

「そのための鎖帷子だよ」

どんを胸を叩いてみせる。

「慢心すんじゃねえよ。首とかは晒しているだろう」

「うん。でも大丈夫。絶対にうまくやってみせる」

歩いているうちに日本橋を抜けて京橋を渡った。築地を通り、愛宕下から芝へと続く道を歩き続けた。

だいぶ進んで、高輪の大木戸のあたりまで来ると、左手に海の景色が開けた。

「わあ、気持ちいい」

遠浅の砂浜には潮干狩りをしている人たちがいる。それと交じるように舟遊びや何かの漁をしている小舟が浮かんでいた。沖には帆を畳んだ千石船が何艘も見えた。

「大川もいいけど、海はまた格別だな」

達吉は名言でも呟きたいような顔をしていたが、そこからはなにも思いつかないらしく、ただ眩い光に目を細めているだけだった。

「お役目じゃなきゃなあ、膝まで浸かって貝でも拾うのによ」

「そうだね。今度みんなで潮干狩りに来ようか」

お伊勢参りは夢だけれど、これならできそうだ。

「いいな。兄貴に言ってみよう」

品川まではあと少し。目指す『播磨屋』は、品川を南北に分ける目黒川の河口近くにあった。

十

『播磨屋』では源助が待っていた。

「道中、無事だったか」

らんと達吉の顔を見るとほっとしたのか、まるで二人が長旅でもしてきたかのように労ってくれた。

「遠出はいいね。お伊勢参りにでも行くような気持ちになったよ」

緊張が足りないと怒られるかなと思いながらも言ってみた。

「はは。それくらい気を大きくしていた方がいいな」

源助は笑った。間違ってはいなかったようだ。

「源助さん、似合っているね」

「そうか?」

源助は前掛けをして店の手代に化けていた。店には似たような格好をした若い男や、舟や蔵の荷を扱う人足が何人もいる。誰が本物で誰が捕り方なのかは見ただけではわからなかった。

「お前らも着替えろ」

そう言われて、階段を上がった奉公人の部屋に行って用意されていた着物に着替えた。らんは女中、達吉は手代に化けた。着替えると、すぐに源助が『播磨屋』を案内してくれた。どこになにがあるか、ちゃんと覚えておくのも仕事だ。とくに手引き役のらんは頭に叩き込んでおかねばならなかった。

『播磨屋』は廻船問屋だけに、品川湊（みなと）の目黒川の河口部に敷地を持っていた。蔵の並ぶ岸壁には、たくさんの小舟が繋（つな）いである。品川は高輪と同じ遠浅の海なので、大きな舟は横着けできない。それで沖に停めた大きな舟から小舟へと荷を移し、河岸の蔵まで運んでいる。

両国広小路の薦張り小屋には通じているらんも、こんな大きな商家のなかを見るのははじめてだった。

表通りに面した店は、幅三十間（約五十四メートル）はあろうかという店構えだ。入口を入ると、すぐに客に茶を振る舞う茶所があって、奥には商談や勘定にでも使うのか、何をするんだかよくわからない何も置いていない部屋がいくつか並び、その向こうに会所や台所があった。階段を上った厨子二階（つしにかい）は奉公人の部屋が並んでいる。らんと達吉もそのひとつで着替えをした。

一階の奥には主人一家の居宅もあった。部屋の外には蔵に囲まれた中庭がある。蔵の向こうが湊だった。

邸内を一回りすると、源助は庭で段取りについて話した。

「入口は表と裏、それに脇道にある三ヶ所だ。やつらは脇の戸から中に入れろ」

勝手口にあたる脇の戸から入ると、すぐ右側が台所、正面は中庭となる。そこから見ると庭の先が主人一家の寝所だ。不意を突いて匕首を突きつけるには、いちばん近い侵入口となる。しかも目の前には目当ての蔵がいくつも並んでいる。

捕り方からしてみれば、賊が首尾よくそこに入ってくれれば、網にかかったも同然となる。だが、そうそううまくはいかないだろう、と源助は言った。

「やつらとて馬鹿じゃあるまい。何人かはどこかに見張り役を立てているはずだ。そこでこっちはその上をいく三重の網をかける」

まずは『播磨屋』内に百人の捕り方を忍ばせる。そのうえで播磨屋の隣家や湊も百人で見張る。さらに後詰めで品川神社から『播磨屋』にかけての道に百人を置く。怪しい動きを見せる者がいれば、あとをつけるか引っ捕らえるかする。総大将である火盗方の頭は品川宿の本陣に陣取ることになっていた。

当日の晩、つまり明日の晩は、主人一家も奉公人たちもひそかに屋敷を抜け出すことになっていた。そのためにわざわざ隣家との間の板塀に細工をして開くようにしておいた。主人一家の部屋で待つのは、主人に化けた捕り方だった。二階の奉公人部屋も手代や小僧に扮した捕り方が詰める。与力や同心もいちばん奥の部屋に隠れるという寸法だ。

「とにかくお前は、店の脇へとやつらを連れて来い。勝手口を開けて中に入ったら、すぐにやつらから姿をくらませ。絶対に捕物には加わるな。ひとつ間違ってやつらが暴れたら屋敷中で立ち回りとなるぞ」

「はい」

「それと達吉、お前には役目を与える」

名指しされて、達吉が「なんだい兄貴」と応えた。

「こっちに来い」

源助は庭の端にある勝手口の前まで行くと「これだ」と脇に生えている松の木の横にあるものを指差した。そこにあったのは、主人が遊びで置いたのか、人よりも大きな狸の焼物だった。

「お前はこいつに化けろ」

源助は真面目な顔をしていた。

「狸に化けるんですか」

「そうだ」

「役目ってこれですか？」

情けない声で達吉が訊き返した。顔には「なんで俺が狸に」と書いてある。

「大事な役目だ。お前はここで狸に化けて、らんがやつらを手引きして来るのを待て。

やつらが入ったら、やつらの目を盗んでらんを外に逃がせ」

「でも、俺、狸になんか化けられませんよ」

「大丈夫だ。狸の背を見ろ」

狸の背は、松の幹の前にあった。幹との間は人一人がやっと通れるくらいの幅しかない。

覗きこんでみると、背には穴が開いていた。しゃがめば大人でもくぐれるほどの穴だった。

「わかったか。狸の中は空っぽだ。入ってみろ」

「なんでこんなものがあるんですか」

「知らねえよ。金持ちの考えることはわからない。いいから入ってみろ」

「はい」

達吉はまた情けない声を出して身を屈め、狸の中に入った。

「どうだ？」

「兄貴、外が見えますよ」

「外、見えるんだ」

らんは狸の顔を覗き込んでみた。よく見れば、両目に黒い穴が開いていた。

「達ちゃん、あたしが見える？」

「おお、見えるぞ。こいつはいいや。勝手の戸が丸見えだ」

「狸に化ける気になった？」

「なったなった。ここでお前を待つよ」

そう答えると、狸は黙ってしまった。

「どうしたの、達ちゃん」

「……でも、俺、本当は兄貴といいたかったんだ。兄貴を一人にさせたくないんだ」

らんは源助と目を合わせた。源助は背が高い。近くにいると仰ぐ形になる。

「達吉、これはお前にしかできない役目だ。捕り方が何百人いようと、らんのために命を張ることができるのはお前しかいない。お前を見込んで頼んでいるんだ」

「けど、兄貴は」

「俺の心配よりもてめえの心配をしろ。俺の方こそお前が心配でならねえよ」

「……はい」

「命は張っても命は落とすな。らんと生きて戻れ」

「はい」

とうの源助はなにをするのか、らんはまだ知らなかった。ここで訊かないと訊きそびれそうだ。

「源助さんの役目はなんなの？」

「ちょうど年格好が似ているんでな。明日の晩は若旦那に化けて寝所でやつらを待ち伏せすることになっている」

「え?」

「俺は若旦那の役だよ」

達吉が案じるわけだった。主人一家の一人となれば、真っ先に賊に匕首を突きつけられることになる。

「大丈夫なの?」

「ありがたいお役目だよ。こんな派手な捕物は目明しをしていたってそうそうないぞ。死ぬまでの間に一度あるかないかってところだ。それを味わえるんだから目明し冥利に尽きるってものさ」

「源助さん、格好良すぎるよ」

「ははは。別に格好つけているわけじゃない。自然に格好がついちまうのさ」

「けっこう言うんだね」

「はははは」

大捕物を明日に控えて、源助もちょっといつもと違う感じがする。この昂(たか)ぶりがいい方に向けばいい。

「それで、だ」

源助が話を変えた。

「本物の若旦那に会わせる。ついて来な」

返事を待たずに源助は庭を横切ると、主人一家の居間がある母屋の縁側へと上がった。


品川神社の例大祭の日がきた。

朝、『播磨屋』の脇の戸を出たらんは、路地から表通りに抜けると何食わぬ顔で品川宿を南北に分ける境橋(さかいばし)を北へと渡った。

すでに祭りは始まっている。昼には、その昔、東照大権現(とうしょうだいごんげん)様が奉納したという神輿(みこし)が繰り出すと聞いている。品川宿にはそれを一目見ようという見物客が押し寄せていた。先日の両国川開きといい、江戸の人間は祭りや遊びが大好きだ。そういう自分も好きだけれど、今日はさすがに遊び気分は湧かない。

なにしろ大捕物の当日だ。よもやしくじってはならないと、こうして朝から神社の下見に出かけたのだった。着ているのは薄い桃色の小袖だ。はたから見れば、どこかの商家の娘に見えるだろう。

神社は川から北に十間ばかりか、参拝客がひっきりなしに通るので、歩いているとすぐどこにあるかわかった。

安吉との待ち合わせ場所である鳥居の前まで来る。

鳥居から先は急な石段が続いている。神田明神もそうだけれど、神社というのはたいていまわりより高い場所にある。神様の座所なのだから、それが当たり前なのだろう。頑張って登らないとご利益は授かれないということか。

(それにしても不遜な盗賊だな)

よりにもよって神様の御座す場所を、しかもお祭りの当日に押し込み強盗の合流の場にするとは罰当たりもいいところだ。神君家康公に裁かれるといい。

他の参拝客の流れに乗って、石段を一段一段踏みしめた。

石段を登りきると境内に出た。

鳥居が二つあった。人だかりがすごくて正面の社殿がよく見えない。なにかと思ったら右手の神楽殿で奉納神楽が舞われていた。

人混みをかきわけて社殿の前まで行った。

この神社のご祭神は、天比理乃咩命に宇賀之売命に素戔嗚尊だ。知っていたわけではない。社殿の横に立て札があって、そこにそう書いてあった。

参拝客は次々と来ては柏手を打っている。自分もそれに続く。なにか忙しなくて、うっかりご祈願をしないまま後ろを向いてしまいそうになった。そこを踏みとどまってご祭神に向かって祈願を呟く。

(どうか今日のお役目が無事果たせますように!)

これでよし、と踵を返した。

境内を東の方にまわりこんでみた。見渡す限り海が広がる。白い帆を膨らませて船が行き交っている。

ここも人が多い。賊がこのなかにいてもおかしくない。

海を眺めつつ、思い起こされるのは、昨日会った清吉の顔だった。

「そうか。あなたがおさえを救ってくれたんですね」

源助かららんを紹介されると、清吉は丁寧に礼を言ってきた。

上品で優しげな顔立ちは、一目見て、あの両国川開きの晩に見た若い男だと確信できた。

清吉は、すでに源助から話のあらましを聞いていた。みつがそうとは知らずに『播磨屋』に奉公に入り、あとから押し込みの手引きをするように強要されたことや川越の一件に至るまで、ほとんどのことを承知していた。

ひとつだけ、肝心な話がまだだった。

「清吉さん、おみつちゃんのおなかには、あなたのお子がいます」

らんに言われた清吉は「子が」と驚いた。しかし、すぐに納得した顔になった。

「そうでしたか……」

清吉は独り言ちるように呟いた。

「そうか。わたしはおさえに一人で辛い思いをさせてしまっていたのですね。そうか、おなかに子ができていたか……」

「清吉さん、でもおみつちゃん本人もそれを知ったのはほんの何日か前のことなんです。おみつちゃん、『播磨屋』さんを出るときはまだおなかの赤ちゃんのことには気付かずにいたんです」

みつが『播磨屋』から姿を消したときは、あくまでも押し込みを防ぐことが目的だった。手引き役がいなくなれば、押し込みはできなくなる。そしてもうひとつ、清吉との関係を終わらせるには、みつには店を出るという選択肢しかなかった。

らんの話に、清吉は「わかります」と頷いた。

「赤ん坊のことがなくても、おさえは思い悩んだことでしょう。おさえを苦しめていたのはわたしです。しかし……」

清吉は唇を噛んだ。らんも源助も達吉も、清吉の次の言葉を待った。

しばらくすると、清吉は心の内を吐露した。

「おさえがいなくなったとき、わたしは悔やみました。恥ずかしい話ですが、わたしには許嫁がいました。それだというのに、おさえに惹かれ、ああいうことになってしまった。父に打ち明ければ、きっとおさえに暇を出したことでしょう。どのみち別れることにはなったのです。だが、わたしにはそれはできませんでした。どうしたものかとくよくよ悩んでいるうちに、おさえの方が先に店を出てしまった」

「清吉さんはおみつちゃんをさがしていたんですよね」

「らんさんは、どうしてそれをご存知で。おさえから聞いたのですか」

「川開きの晩、あたしもすぐ近くにいたんです。清吉さんが必死になっておみつちゃんを追いかけているのを見ました。あれを見れば、この人はおみつちゃんをさがしていたんだとすぐわかります」

そこまで言って、「ごめんなさい」と謝った。

「清吉さんに声をかければよかったのかもしれなかったのだけれど、あのときはまだ清吉さんがどこの誰かもわからなかったし、うかつに声をかけることができなかったんです」

「正解です。もしおさえを見つけたのがわたしでなく盗賊の一味だったら、たいへんなことになっていたでしょう」

らんは「清吉さん」と質すように呼んだ。

「はい」

「おみつちゃんは、押し込みのことも、清吉さんとの関係も、自分がしたことを自分で許せずにいます。清吉さんはどう思っていますか」

「わたしは、おさえには罪はないと思っています。安吉というやつは卑怯な男です。女を騙し、弱みをつかみ、そこに付け込む。わたしがおさえであっても、同じように言いなりになったでしょう。もう一度言います。おさえに罪はありません。わたしと仲睦まじくなったのも、下心からではありません。おさえは店の蔵や売り上げについてはわたしからなにも知ろうとはしていませんでした。わたしはおさえを信じています。店から消えたのは、わたしや店のことを想ってくれてのことだと思っています」

「俺もそう思う」

それまで口を閉じていた源助が言った。

「らん、清吉さんはな、赤ん坊のことを知る前から、おみつちゃんには自分にできることをしてやろうと心に決めていたそうだ。俺はその覚悟は本物だと思っている」

「できることって？」

清吉の覚悟が知りたかった。

「あの川開きの晩におさえを目にして心に誓いました。なんとしてもおさえを見つけ出して一緒になろうと」

「でも、清吉さんには許嫁がいるんでしょう」

「縁談は流れました。わたしの方からお断りしました。先方にはたいへんなご無礼を働いてしまいました。すべてはわたしの不徳が招いたことです」

「そこまで……」

清吉がどんなにいい人であっても、それはしないだろうと思っていた。相手はなにしろ大店の若旦那だ。せいぜい妾にしてもらえればいいところ。おまけにみつには、人には言えない過去がある。それを問われないで済めば御の字だろう。それくらいに考えていた。だけど、この読みは違っていたようだ。

「じゃあ、清吉さんはおみつちゃんと夫婦に……」

清吉はらんの目を見ると力強く頷いた。

「もちろん、これはわたし一人がそう考えていることです。おさえにはおさえの気持ちもありましょう。おさえがどうしたいのか。わたしはおさえの本当の気持ちが知りたいのです。だから、この一件が済んだら、おさえに会いたい」

そこまで言うと、清吉はきっと口を結んだ。

（この人は信じることができる）

そう思えた。

思いに耽っていると、社殿の方から太鼓や笛の音が聞こえてきた。「わっせわっせ」という掛け声も響いてきた。

「宮出しだ」

近くにいた誰かが指差した。

「神輿が出たぞ！」

その声に、まわりにいた人たちも境内の広場に戻って行く。その流れに乗って、らんも神輿を見に行った。

「わっせ！　わっせ！」

人々の頭越しに担ぎ手たちの掛け声が響く。それと一緒に神輿が揺れている。

「お嬢ちゃん、赤面様が見えるかい」

声にそちらを向くと、どこかのご隠居といったふうの老人がいた。

「赤面様？」

「知らないのか。どこから来たんだい」

「両国です」

「おお、わざわざ祭り見物か。そいつはいい心がけだ」

老人は嬉しそうに言うと「赤面様ってのは天下一嘗の面ってやつだ。昔、神輿と一緒に神君様がこの神社に奉納されたんだ。関ヶ原の大戦の前にここで戦勝祈願したら大勝ちしたんで、その御礼だとかでな」と教えてくれた。

「あの神輿についているの？」

「そうそう。このじいさんのかわりにとっくり拝んでやっておくれ。歳をとるのは嫌だね。すっかり目が弱くなっちまってよく見えないんだよ」

「どれどれ」

ぴょんと跳ねると、確かに神輿のてっぺんに赤い面が見えた。瘤のような出っ張りのあるおでこに丸い目と丸い鼻、愛嬌のある顔は心なしか目の前の老人に似ていた。

「見えました！」

振り向くと、そこに老人はいなかった。

「あれ？」

どこに行ったのか。まわりを見渡すが姿はない。人の中に紛れてしまったのだろうか。追いかけてさがすほどでもないのでそのままにした。しかし、なぜか後ろ髪を引かれるような気分だった。

(いまのは、ひょっとして神様？　神君様？)

まさかそんなわけはあるまい。でもそう思うとそうも思える。

(神様があたしに味方してくれているってことかも)

こうなると、もう都合よくそう考えた方がよさそうだ。

神輿は揺れながら、笛や太鼓を従えて境内をこちらに進んでくる。らんの前を通って、階段をゆっくりと下り始める。「わっせ！」「わっせ！」と男たちの掛け声が谺する。囃子に合わせて「天下泰平、五穀豊穣！」という声も聞こえる。

神輿が階段を下り切るのを待って、らんも境内をあとにした。

十一

夜五つ（午後八時）。日が暮れて、普通なら品川宿にも静けさが漂う頃だろうけれど、祭りの日とあって道々にはまだまだ人の姿があった。

人がいるということは、出歩いていても怪しまれないということだ。ましてここは街道沿いの旅籠町だ。見慣れない顔がいても当たり前のこと。なるほど、賊も少しは考えている。

こんな晩なら、女が一人で提灯をぶら下げて歩いていてもさしておかしくはない。

らんは『播磨屋』を出ると、日中も渡った境橋を渡って神社へと歩いた。

護衛はついていない。だが、行く先々に捕り方が人を配している。視線は感じていないが、こうやって歩いているいまも、誰かが自分を見守っているはずだった。かぶっている狐の面が捕り方にも目印になっているのだ。

目の前に五つくらいの幼い女の子を連れた親子三人連れがやってきた。父親と母親に挟まれて、女の子が歩いている。

「あ、お狐様だ！」

女の子がらんを指差した。

「こんばんは。お嬢ちゃん」

　声をかけると「こんばんは」と返された。

　すれ違いざまに「わたしも狐のお面ほしい」というねだり声が聞こえてきた。「明日、買ってあげようか」と優しそうな父親の声がした。

　そうか、とあらためて思った。

　大捕物を『播磨屋』の中で行うのは、町と町の人を守るためでもあるのだ。もし盗賊が外で暴れたら、いま通り過ぎた親子連れにだって害が及ぶかもしれない。

（しっかりやろう）

　気を引き締めた。

　神社の前はまだけっこうな人がいる。屋台もたくさん出ている。こんな場所で押し込みの手引きとは、普通なら意外過ぎて誰も気がつかないだろう。

　鳥居の横に立った。うちわを扇いで、休んでいるように見せる。約束は五つ半（午後九時）だ。

　しばらく待ってみたが、安吉は現れない。

　臆病者ほど用心深いと聞く。すでに来ているのだけど、まわりを怪しんでいるのかもしれない。

　なかなか来ずに、もしかすると上の鳥居の間違いだったかと不安に駆られ始めたときだった。

「おみつ」と横から声がかかった。

面に開けた穴からでは見えなかったが、自分の右側に誰かが立ったのがわかった。

顔を右に向ける。同じ狐の面をかぶった男が立っていた。

「**遅かったわね**」とみつの声を出した。

「頃合いをはかっていたのさ」

男は面をとった。はじめて目にする顔だったが、声には聞き覚えがあった。安吉だ。

「ここは人に聞かれる。こっちに来い」

人が行き交う鳥居から少し離れた場所に移動した。傍目(はため)には立ち話をしているようにしか見えまい。

「**弥助(やすけ)さんは？**」

みつから聞いていた盗賊一味の一人の名を出した。自分たちを義賊だと騙った男だ。

「すぐそこにいる」

「**他の人たちは？**」

「『播磨屋』の近くに集まる頃だ。俺たちが行ったら、一気に押し込む。蔵の鍵はどうした」

「**まだ店に人がいたから持ち出せなかった。ほとんどの蔵の鍵は勘定場にある。金蔵の**

鍵だけは錠前の鍵も内側の引き戸の鍵も夜は旦那様が寝所に持って行く。わたしじゃ手が出せない」

「出さなくていい。なくなったとわかりゃ大騒ぎだ。俺たちに蹴飛ばされて目が覚めるまで抱いて寝ているといいさ」

安吉は自分をみつだと信じて疑っていない。いけそうだ。

「それより戸だ。入口は三つあるな。どこから入る？」

賊も『播磨屋』の出入口は調べてあるらしかった。

「脇の勝手口の戸の鍵をはずしてある。閉められてもすぐに外から開けることができるように細工しといたから大丈夫」

「路地の奥の戸だな。あそこならいざとなりゃ乗り越えられる。戸の先はどうなっている」

「庭になっている。旦那様たちの寝所はその向こう。店は入って右側で、左側に蔵が並んでいる。金蔵だけは母屋の側（そば）の離れたところにある」

「母屋のどこだ」

肩越しに安吉とは違う声がした。いつの間にか左側に他の男がいた。面はかぶっていない。この声も聞き覚えがあった。

「弥助さん？」

「あまり名を呼ぶな。まあ、本当の名前じゃないからいいけどな」

盗賊一味は偽名をよく使うらしい。安吉はさすがに本名だろう。

「で、金蔵だ。いちばん肝心なものだ」

「勝手から入った庭とは別に、旦那様たちの使う部屋に囲まれて外から見えない小さな庭があるの。そこに建っている」

「鍵は主人たちが持っているんだな」

「はい」

「主人一家や店の者たちはいまなにをしている」

「旦那様たちは日が暮れる頃には戻った。祭りの夜だから、奉公人は夜四つまでは外に出ていいことになっている」

「何人、出ている」

「そこまではわからない。でもわたしが出るときにはおおかた戻っていたから、たぶん五、六人ではないかと」

「夜四つか。そろそろ過ぎる頃だ」

弥助も自分の声色になんの疑いも持っていない。このまま乗り切りたい。

「お前は帰らないでいて大丈夫なのか」

「奉公人部屋で寝ていることになっています。一度寝たふりをして、それから誰にも見

られないようにそっと出ました」

「同じ部屋で寝ている女中はいないのか」

「**十三歳の娘が一人いるけど大丈夫。その子は一度寝たら雷が落ちても地震で揺れても朝までは起きない子なんで。万一起きてわたしがいなくても厠（かわや）に行ったと思うでしょう**」

「上出来だ。手引きしろ。俺たちは後ろを歩く」

言われて歩き出そうとすると、「面はとらないのか」と弥助が言った。

「**知り合いがけっこう歩いているの。できれば顔を見られたくない**」

「いまさらなにを言っているんだ。ことが済んだらどうせ上方に高飛びだぞ」

安吉が笑った。

まずい流れだ。

「**堪忍して。こんなことをしているけど、旦那様たちには優しくしてもらっていたの。できればわたしが手引きしたと知られずにいたい**」

「姿をくらましゃお前がやったとすぐばれるぜ」

「**お願い、後生だから**」

捕り方はちゃんと自分たちを見つけてくれているだろうか。いざとなれば、安吉と弥助だけでも捕らえてほしい。

「そのへんにしとけ。そいつの言うこともわかるじゃねえか」

弥助が助け舟を出した。

「おみつ、心配すんな。主人どもは縛り上げるだけで殺しゃしねえ。お前も俺たちに脅されたふりでもしていりゃいい。明日からもなに食わぬ顔で『播磨屋』にいろ。一月も経ったら故郷で縁談が持ち上がったと言って迎えをやる。それから上方に行きゃあいい」

どこまで本当なのか。だが助かった。

「さあ、行くぞ」

弥助にかけ声をかけられて、『播磨屋』へと足を向けた。

少し経って振り向くと、安吉と弥助のあとに盗賊一味とおぼしき複数の男たちが付いていた。男たちは祭り帰りの町の衆を装っているのか、揃いの法被(はっぴ)を着ていた。他にも二人連れ、三人連れの男たちがばらばらに後をつけてくる。自分の後ろだけで十数人の盗賊がいる。合わせて三十人そこいらというのは本当らしい。

神社から離れるにつれ、夜道は暗がりが増えてきた。それでもまだ歩いている人とすれ違う。なかには酒が入っているのか、「おや、お狐様、どこにお出(い)でだい」などと話しかけてくる人もいたが、祭りの晩だけに怪しまれることはなかった。

境橋を渡った。

『播磨屋』の母屋が黒い影となって左手に見えた。脇の戸は母屋の手前の路地にある。問屋が並ぶ表通りまでは祭りの賑わいは届いていない。夜も四つだ。周囲に人の気配はない。

（でも大丈夫。みんないる）

自分に言い聞かせた。気配は感じないが、そのへんの塀の隙間から、家々の戸の合間から、捕り方の目が『播磨屋』へと近づいてくる一団を睨んでいるに違いない。

胸が高鳴ってきた。面の下で口から息が漏れる。少し苦しかった。

不意に五平の顔が甦った。

「らん、父ちゃんは見ているぞ」

思い出した父の顔がそう言った。

「しっかりやれ！」

うん、と心で頷いた。

（そうだ。おとっつぁんはいつも天からあたしを見てくれているんだ）

父だけでない、母もきっとそうだ。

（あたしは守られているんだ）

そう思うと、躓きそうな足に力が入った。

路地の前まで来て、後ろを確かめた。

男たちの数は二十人以上に増えていた。いつそうしたのか、大半の者が黒い頭巾で顔を半分隠していた。

路地に異常はない。誰の人影もない。月が半分ほど出ているので二十間（約三十六メートル）ほど先までは見渡せた。いちばん奥は板塀になっていて、それに沿って路地は左に直角に曲がる。そしてすぐにまた右に曲がる。すると湊に出る。庭へと続く勝手の戸は奥の板塀まで行かない途中にある。

安吉と弥助に頷いてみせると、誰の合図もないのに男たちの半数ほどが小走りでらんを追い抜いて板塀の近くまで行った。何人かは手に提灯を持ったままだ。灯があった方が盗みがしやすいからだろう。

らんも安吉たちとともに戸まで歩いた。

「手はずどおりだ。いいな」

弥助が押し殺した声で言うと、男たちは無言で頷いた。

「入った先は庭だ。その向こうが寝所だ。まずはそこを狙え。声は出させるな。うるさかったら叫ぶ前に始末しろ」

人は殺さないはずじゃなかったのか。だが弥助は冷徹に続けた。

「敵は音だと思え。叫び声をあげるやつは容赦なく口を封じろ」

男たちは黙って聞いていた。よく見るとそれぞれの手に得物がある。縄を肩から下げている者もいた。

このまま中に入れていいものだろうか。盗賊一味は千住宿でのしくじりに懲りて手口を変えたのかもしれない。

（源助さんたちを信じよう）

「開けろ」

安吉に命じられ、戸に手をかけた。

「**あたしも中に入ればいいのね**」と小声で訊き返した。

「ああ、お前は俺から離れるな」

「**わかった**」

どこかで安吉から逃げなければならない。うまく隙を見つけなければ。

戸を少しだけ開き、中を窺った。

「**誰もいないわ**」

「主人の部屋はどうなっている」

「**灯はない**」

主人夫婦も清吉も奉公人たちも、今頃はどこか安全な場所に移っている。『播磨屋』に残っているのは捕り方だけのはずだった。

「かわれ」

弥助が前に出て庭を覗いた。

「祭りの晩だってのに静か過ぎるな」

「**朝から神楽だ神輿だと外に繰り出していたから……**」

「疲れて寝ているってわけか。好都合だな」

よし、と弥助は仲間たちと目配せしあった。

「行くぞ」

戸が開いた。弥助を先頭に賊たちが吸い込まれるように『播磨屋』の敷地に入って行く。らんも続けて入ろうとしたところで、「待て」と安吉に呼び止められた。

「おみつ、お前はここに残れ」

「**旦那様の部屋へ案内しなくていいの**」

「しなくていい」

このまま逃げろとでも言うのか。賊たちにとって女は足手まといのはずだ。

そこまで考えて、待てよ、と思った。

(足手まといってことは……)

自分が賊ならどうする。考えたそばから背筋が凍った。

(まさか?)

提灯に照らされた安吉の顔を見た。能面のように無表情な顔がそこにあった。

「安吉さん、あなたは入らないの」

「あとで入るさ」

そう言うと、安吉は「この路地の先は河岸だな」と確かめてきた。

「そうよ」

「そっちに行こう」

「このまま逃げるの」

「ああ。逃げよう」

なにかへんだ。路地の先へ行ってはいけない。本能がそう言っている。

「安吉さん、なかには入らないの。それとも逃げるの、どっち」

「なかに入るし、逃げもする。両方だ。だが物には順序ってもんがある」

「言っていることがよくわからない」

答えると、安吉が寄ってきた。後ずさったが、背中が塀に当たった。

身動きがとれない。

片手に持っていた提灯が、どさっと地面に落ちた。

両の二の腕を安吉につかまれていた。

「動くなよ」

らんの左腕を押さえていた安吉の手が離れた。安吉はその手で身につけているなにかを取ろうとしていた。

「河岸に落とすかと思ったが、面倒くせえ、ここでいい」

「だから、なんで」

「静かにしていろ」

「なんで」

（匕首？）

刺されるのか。だが、安吉は途中でその動きをとめた。

まだ消えていない提灯に照らされている安吉の顔に微妙な変化が見えた。

「お前……本当におみつか？」

安吉がらんの首筋に覆いかぶさってきた。くんくん、と鼻を鳴らしている。

「匂いがしねえ」

耳元で囁（ささや）かれた。

「おみつの匂いがしねえんだよ。俺は人より鼻がきくんだ」

ばれた。

「おめえ、誰だ」

安吉の手が狐の面にのびてきた。その手を振りほどいて逃げた。

「待てっ！」

安吉がなにかを振りかざして下ろした。面に衝撃が走った。すぐに飛び退いた。そのまま後ろに何歩か下がった。

ぽろっと、面が落ちた。面紐が切れていた。

広がった視界に、驚いている安吉の顔があった。

「誰だ、おめえ？」

手には匕首がある。

「誰だおめえは。答えろ！」

「安吉、まずいことになったぞ」

弥助の声を真似た。

目の前の女が出した声とは信じられなかったのか、安吉は思わず後ろを振り返った。

その隙に、らんは路地の奥に向かって駆け出した。

「待てっ！」

男の足にはかなわない。

「誰かあああーーー！」

振り返って叫んだ。それと合わせるように、静かだった邸内から「御用だ！」という声が響いてきた。

「御用だ！」

「ひっ捕らえろ！」

たちまち邸内から男たちの叫ぶ声や怒声が聞こえてきた。物が倒れる音やなにかにぶつかる音がする。「逃げろ！」という声がした。「戦え！」という声もする。

「みつの野郎、裏切りやがったな！」

匕首をかまえた安吉がらんに向かって走り出した。その背中に飛びつく影があった。

「なんだてめえは！」

「逃げろ！」

達吉だった。

「この野郎！」

安吉が腰を丸めると、勢いあまった達吉が宙を一回転し、背中から地面に落ちた。自由になった安吉がらん目がけて駆け出した。匕首はまだ離していない。塀の向こうの邸内が明るくなった。蔵の壁が炎の色を照らしている。賊が火を放ったようだ。

「待て！」「逃がすな！」と声が響く。脇の戸から賊が何人か逃げ出したようだ。表通りの方にも御用提灯が揺れているのが見えた。応援が駆けつけたようだ。戸から出てきた賊たちは倒れている達吉をよそに慌ててこちらに向かって駆け出した。どうにか立ち上がった達吉が、「待てっ！」と追いかけた。

らんは奥の板塀まで行ったところで、安吉に追いつかれた。

「女、俺たちをはめやがったな。おめえだけは殺す。どうせ捕まりゃ獄門だ。道連れにしてやる！」

盗賊の目は怒りに燃えていた。

仲間たちが来た。弥助と、あと二人いる。

「安吉、誰だこの女は」

弥助が持っている匕首は血で汚れていた。

「俺たちをはめやがった。みつに化けていやがった」

「屋敷の中は捕り方だらけだ。やられたぜ」

「もうおしめえだ。俺はこの女を殺して道連れにする」

「はやまんな。殺すのは人質にしてからでも遅くはねえ。裏に出りゃ舟があるだろう。そいつを頂戴して逃げるぞ」

血相を変えている盗賊たちに言ってやった。

「無駄だよ」

「なにっ」

「湊も捕り方でいっぱいさ。あんたたちに逃げる場所はないよ」

賊たちの後ろに達吉が立った。

「この悪党ども、俺が相手だ！」

安吉たちが達吉を見た。四対一だ。他の捕り方たちはこの場に気づかないのか、まだ誰も来ない。

「なんだ。よく見りゃこないだの小僧じゃねえか」

弥助が気づいた。

「そうか。おめえもぐるだったか」

「黙れ、悪党！」

達吉が言い返した。

「小僧、こいつが怖くねえのか。いまも一人やってきたばかりだぜ」

弥助が手妻でもするかのように持っている匕首をくるくる回してみせた。

「なにが義賊だ、この大嘘つき野郎！」

「ははあ、おみつから聞いたか」

弥助がにやにや笑っているのがわかる。正真正銘の悪党がここにいる。

安吉が塀際にいるらんに匕首を向けた。

「歩け！」

人質にはなりたくない。どうするか。

「ほら、小僧。どうしたどうした」

弥助が匕首を振り回しながら達吉に近づいていく。

（達ちゃん、逃げて）

達吉は戦う気でいるのか、身構えている。棒切れのひとつでも持っていればいいものを、左右とも素手だった。

弥助の背中に向けて、声を振り絞った。

「**弥助さん、駄目だ。囲まれちまった。あきらめよう**」

安吉の声に、弥助が「ん？」と振り向いた。

「安吉、臆したか。あきらめめんじゃねえ！」

「お、俺じゃねえ」

安吉が慌てた。

そこへ「うおっ」という声がした。弥助のものだった。

「な、なんだこりゃ」

叫んだ弥助は、そのときにはもう地面に転げていた。

「どうした」

助けに入った仲間に弥助が「わかんねえ。なにかが俺の足に！」と悲鳴をあげた。

すると、他の仲間二人も「うっ！」「いてえっ！」と叫んで倒れた。男たちの足になにかが刺さっている。

「なんなんだ、おめえらどうしたんだ！」

安吉はわけがわからないといった顔だ。らんも達吉もだった。

「くっそお！」

殺すしかないと思ったのか。安吉が匕首を突き立ててきた。

「ちっ」

かわしたがかわしきれなかった。刃が着物を切り裂いた。が、その下の鎖帷子を貫くことはできなかった。

安吉に捕まるまいと身をよじると、ひゅん、と空気を切り裂く音がした。

どん、と音がして安吉の体がそのまま塀に張り付いた。

「あ？」と安吉が驚いた。

「なんだ、なんなんだ？」

続けざまに、ばん、ばん、と塀の板が響いた。さらにもう三、四回、同じ音が続いた。

なにかが打ち付けられるような音だった。

「う、動けねえ！」

気づくと、安吉は塀に張り付いたまま身動きがとれずにいた。

弥助や男たちが、よろよろと立ち上がった。「ちくしょう！」と弥助は達吉を睨んだ。

そこへ邸内の賊をあらかた片付けたのか、脇の戸から捕り方が大勢溢(あふ)れ出てきた。

「無事か！」

源助が駆けてきた。

「くそおっ！」

弥助は片足を引きずりながら、それでも逃げようとしていた。

「御用だ！」

そこに源助たちが飛びかかった。

捕り方の刺股（さすまた）や突棒（つくぼう）が男たちを押さえた。安吉も壁に張り付いたまま刺股に首を押さえられた。

達吉がらんのところに来た。

「大丈夫か」

「達ちゃんこそ」

「俺は平気だよ」

愛嬌のある猿顔が引きつりながらも笑っていた。

「ありがとう。助けてくれて」

「ちょっとかっこ悪かったけどな」

「そんなことないよ」

「怪我はないのか」

「危ないとこだったけれど、面とこいつが助けてくれたよ」

切れた着物の間から鎖帷子が覗いていた。

背後では弥助たちが取り押さえられ、縄をかけられている。

安吉はというと、塀にくっついたままだった。そのまわりに細い棒切れが幾本も突き立っていた。

「ぐっ、くそっ、なんなんだ、いったいこりゃ！」

唸っている安吉に源助が「悪党、黙っていろ」と一喝した。

らんは源助の横に立ち、塀にあるものを見た。

「矢だ」

塀に立っていたのは矢だった。どれも安吉の着物を貫いて釘のように塀に刺さっていた。どうりで身動きが取れなくなったわけだった。

弥助や他の賊も、足を矢で射貫かれていた。

「矢かあ、さすが火盗っすね」

感心する達吉の横で、源助や他の捕り方たちは「どうやったらこんなことができるんだ」と目を見張っている。

安吉の動きをとめた矢は全部で七本あった。いずれも安吉の着物だけを射貫き、体には傷をつけていなかった。

「狙って射ったのだとしたら、相当な腕だぞ。しかも晩だというのに」

驚いている源助に、捕り方の一人が抜いた矢を見せた。

「鉄の鏃だ。刺さっていたらこいつは死んでいたかもしれない」

安吉は数人の捕り方に押さえられ、後ろ手にされて縄をかけられていた。

「こっちは木の鏃だ」

弥助たちの矢を抜いた捕り方の声だった。源助はそれを受け取って矯めつ眇めつするように矢の先端を見た。

「打ち根だな。尖っちゃいるが、刺さっても傷は浅くて済む」

「ってことは、矢を使い分けたってことですか」

達吉が言うと、源助たちは「そうだな」と頷きあった。

「誰が射ったんだ。火盗のお役人様か」

弓の射手は、弥助たちには木の鏃を、安吉には鉄の鏃の矢を使って動きを封じた。こんな離れ業が町人にできるわけがない。

お互いに問いかけても、路地に弓を持った者は誰もいなかった。

「らん、誰が射ったか見たか」

源助に訊かれても、らんは「わからない」としか答えることができなかった。

「最初はなにが起きたんだかわからなかった。盗賊連中がどんどん転んでいくのが見えただけ」

射手は路地の先の表通りの方から次々に矢を放ったのだろう。それ以外はなにもわからなかった。

「おい、答えろ」

源助がしゃがんで、うつ伏せに地面に押さえつけられている安吉に訊いた。

「射った者を見たか」

「知らねえ」

安吉がいまいましそうに答えた。

「へっ、誰が射ったのかもわかんねえのか。ざまあねえな」

「憎まれ口を叩いていられるのも、体を射貫かれずに済んでいるからだぞ。ありがたく思え」

立ち上がろうとする源助に安吉が言った。

「俺たちが来るってなんでわかった。おみつだな。あいつがしくじったんだな。おみつを拷問にでもかけたか」

「人聞きの悪いことを言うな」

「じゃあ、あいつが裏切ったんだな。てめえだけ助かろうとして」

「おみつを裏切ったのはお前だろう」

「俺がいつあいつを裏切った」

「なに言ってんだ、この阿呆は」

達吉がぺしっと安吉の頭をはたいた。

「お前、さっきおみつを殺そうとしただろう。おみつじゃなかったけどな」

「そうだね」

らんも安吉を見下ろした。

「あたしをおみつちゃんと間違えて、水に落とす気でいたね」

「うるせえ！」

安吉が叫んだ。

「だいたいおめえは誰なんだ。あいつそっくりの声を出しやがって！」

「**誰って、おみつだよ**」

みつの声を真似た。声だけではない、みつの気持ちになって言った。

「**あんたは昔からひどいやつだったね。人が弱っているところにつけこんで、使うだけ使って、用がなくなれば捨てる。女をなんだと思っているんだい。あんたみたいに腐ったやつを生かすために女はいるんじゃないよ**」

「俺に惚れていたのはどこのどいつだ。上方に連れて行ってくれとすがってきたのはどいつだ！」

ああそうだ、と安吉は叫んだ。

「おい、おまえら、あの女もちゃんと裁けよ。あいつは川越の呉服屋から反物を盗んでんだ」

「だからどうした」

源助が安吉を睨みつけた。

「そんな話はこっちは百も承知だ」

「やっぱりだ。あの女、てめえが助かりてえ一心で俺たちを売りやがったな！　ちくしょう、あの女、地獄に落ちやがれ」

興奮して身をよじる安吉を捕り方たちが「動くな」と押さえ込んだ。

「うるさいやつだな」

達吉がまたぺん！　と安吉の額をはたいた。

「これ以上うるせえと轡噛ませるぞ」

後ろから「安吉！」と弥助の声がした。

「じたばたすんな。みっともねえ」

「そうはいかねえ。あの女だけは許せねえ」

「馬鹿野郎。許せねえのはおめえの方だ。まんまと騙されやがって、おかげでこのざまだ！」

吐き捨てる弥助の後ろで、邸内に入った賊たちが縄につながれて出てきた。放たれた火も消し止められたようだった。

同心か、武家のいでたちをした男がこちらに近寄ってきた。

「ご苦労だった。ここの賊は何人か」

「四人です。他はいません」

源助が答えた。

「よくやった。手傷を負った者は？」

「こちらにはいません。賊が三人、足を矢で射られています」

「矢で？」

同心は怪訝な顔になった。

「はい。射ったのが誰かわからないのです。火盗の、どなたか弓衆では」

「いや、わしは知らぬ。弓を持った者はいなかったと思うのだがな。あるいは町廻りの組にいたのかもしれぬ。あとで本陣で尋ねてみよう」

同心にも弓の射手はわからないようだった。

安吉も引っ立てられた。足を射られた弥助たちにはお情けで戸板が用意された。

この晩、邸内で捕らえられた賊は二十三人、それに安吉たち四人、他に見張り役などで捕り方から逃れた者が数人いたが、のちに手配書がまわり、最後は一人残らず縄にかかることとなった。

清吉たち『播磨屋』の一家や奉公人たちは全員無事だった。捕り方には怪我を負った者はいても、命を落とした者は一人もいなかった。

らんは翌朝、達吉とともに品川神社に寄り、捕物が無事済んだ御礼を言うと、両国へと帰った。

弓の射手は、誰かわからぬままだった。

本陣でその話を聞いた役人たちも首を傾げるばかりだった。最後は結局、「神君家康公のご加護」ということになった。これ以上探ると火付盗賊改方の沽券に関わる問題となりそうであったため、全員が口を合わせてそういうこととした。

十二

「とざい、とおおざあーーーーい！」

　案内役の木戸芸者の声が芝居町に響き渡る。

（いい声だな）

　よく通る声は、少し離れた『市村座』の辺りにまで響くだろう。なるほど、こうやって呼び込みから『中村座』と『市村座』は競いあっているのか。

「どなた様も此方様もお立ち寄りくださりまことにありがとうございます。長らくお待たせいたしました。当代一の狂言作者、鶴屋南北作『東海道四谷怪談』、当『中村座』において初演でござりまする」

　京兵衛に見てこいと言われていた鶴屋南北の新作の初演の日だった。昼、らんは仁吾郎とともに日本橋からほど近い堺町にある『中村座』を訪れていた。

　朝は一番目の『仮名手本忠臣蔵』が六段目まで上演された。これはらんもよく知っている狂言だ。

　なんで新作の初演の日にわざわざ別の狂言を一番にしているのかと不思議だったが、木戸芸者の口上を聞いて納得した。『東海道四谷怪談』には『仮名手本忠臣蔵』の四十七士の一人である佐藤与茂七が登場する。二つの狂言はほぼ時を同じくしたものであり、前者は後者の外伝なのだ。

つまり、『仮名手本忠臣蔵』が好きな人なら『東海道四谷怪談』も見たくなるという仕掛けだ。そこで『中村座』ではあえて一番目にすでに客がついている『仮名手本忠臣蔵』を持ってきた。これなら『東海道四谷怪談』も初演から大入り間違いなしという算段だ。

常日頃、京兵衛のあざとい商売を見て呆れているらんだけれど、『中村座』の興行の巧みさは『京屋座』の比じゃない。さすがと言うほかなかった。

感心するのは興行の順番だけではなかった。

小屋からは、ちょうど『仮名手本忠臣蔵』の六段目が終わったところで、外で一息入れようという客が出てきていた。

「さすが『中村座』、両国とは客筋が違うね」

江戸三座のひとつである『中村座』はすぐそばの葺屋町にある『市村座』、ここからいくらか離れた木挽町にある『森田座』と並び、江戸の芝居の頂点に位置している小屋だ。どこぞの薦張り小屋と違って造りも立派なら、芝居を見にくる客もきれいな着物の人が多い。近くに寄ると小判の匂いでもしてきそうだ。

「はは。そりゃそうさ。なにしろ『中村座』だからね。一日の売り上げも『京屋座』の十倍というところじゃないか」

仁吾郎はさも当然といった顔で言う。

「ひゃあ、十倍！　てことは木戸芸者も給金を十倍もらっているのかな」

「どうだろう。でも数は十倍だね」

「そうだねえ」

言われるとおり、『中村座』の木戸には十人ばかりの木戸芸者が並んでいた。

黄色い羽織に浅葱色のいでたちはらんと同じ、というか、『京屋座』の方がこれを真似したのだろう。

ともあれ、同じ格好でも数を揃えるとなかなか迫力がある。これが案内役の声に相槌を打つように数人揃って口上や台詞を復唱する。

木戸そのものだって『京屋座』は一つしかないけれど『中村座』は二つある。木戸の他に桟敷用の入口もある。木戸と木戸の間や左右には、これがもう舞台と言っていいような立派なお立ち台がある。二階部分には狂言の名場面を描いた板絵が何枚も並び、役者や狂言の説明書きが大きな文字で記されている。

ひときわ目立つのは角切銀杏（すみきりいちょう）の定紋を染め抜いた幕で覆われた櫓だ。その櫓から、太鼓の音が景気良く鳴っている。下からでは見えないけれど、太鼓にしても腹にまで響く音からして『京屋座』の倍くらいの大きさがありそうだ。

「なに蛇に睨まれた蛙みたいな顔してんだ。臆したか」

仁吾郎に言われて「誰が」と言い返した。

「臆するどころかわくわくだよ」

「そうでなきゃな」

「狂言の作者は十倍どころか百倍儲かっていそうだね」

言われてばかりでは癪に障るから言い返してやった。

「そりゃ儲かっているだろうよ。お前だって知っているだろう、うちの座元が吝いのは」

「誰より知っているよ。なんで仁吾郎さんは三座で仕事しないの」

「仕事ってのはしたくたって誰かの引きがなきゃできないんだよ。俺だって南北みたいな作者になりたいよ。三座の芝居を書きたいよ」

痛いところを突いてしまったか。悪気はなかったが悪かった。取り繕う言葉をさがしていると、「それよか」と相手の方が先に話を変えた。

「そろそろ木戸をくぐろう。幕間のうちに入らないと土間が埋まってしまいそうだ」

仁吾郎が二人分の木戸銭を払って、らんも木戸をくぐった。そのまま通路を進むと、目の前に客席が開けた。

「これが『中村座』！」

広い。いや、広さなら『京屋座』も頑張ってはいる。だけど設えが丸太組みの薦張り小屋とはまったく違う。

高い天井の中央にぶら下がった提灯には「俺が本物だ」とばかりに「中村座」とでかく書かれている。両側の桟敷も花道も土間も、形こそ真似ているけれど『京屋座』が全体に凸凹した印象があるのに対し、こちらはつるんとしている。なんだろう、と思ってすぐに気付いた。『中村座』は床も柱もなにもかもが艶が出るまできれいに磨き上げられているのだ。

なにより違うのは、白に柿色に黒からなる『中村座』独特の縦縞模様が鮮やかな幕だ。面の皮が厚い京兵衛は小屋をつくるのになんでもかんでも『中村座』の真似をしたとか言うけれど、この幕の模様だけは真似ていない。ここは踏んではいけない、と承知しているのだろう。もし真似したら、出入り禁止じゃ済まないに違いない。

小屋の中は外に面した窓が開かれてはいるが薄暗い。それが目が慣れるにつれ、美しさがますます際立って見えてきた。

「どうだい。『中村座』は」

仁吾郎はまるで自分のものを見せるような顔だった。

「すごい。きれい」

「ああ。いつ来ても惚れ惚れする小屋だよ」

きれいに見えるのは磨かれているからだけではなかった。桟敷席がとくにそうだけれど、ここの客はみんな華やかだった。とくに女性は誰もが着飾っている。金持ちの親に連れられた晴れ着姿の娘も多い。

「さあ、どのへんで見るか」

空いている場所の中から、なるべく舞台に近く、花道からも遠くないところを選んだ。

「菊五郎の芝居ってどんな感じ？」

聞いていたように、『東海道四谷怪談』の座頭は尾上菊五郎だ。なんでも一人三役をこなすとか。「一番目にも菊五郎には役があるから、合わせると今日は四役を演じることになる。そんなことをさっき木戸芸者が説明していた。

「キレのあるいい芝居をするよ。さすがと言うしかないね」

「早く見たい」

「らんは変わっているな」

「なんで？」

「女はたいてい菊五郎の男っぷりが見たくて来ているんだよ。顔がよければ芝居もよく見えるってな」

「あんまり女を馬鹿にしないでよ。あたしは役者の価値は芝居の良し悪しで決める。うちの座元だってふざけた人だけど芝居はうまい。だからいい役者だと思っている」

「こいつは悪かったな。そういう女が多いってだけの話だよ。俺だって狂言は中身で見てほしいんだ」

「そうだよね。仁吾郎さんは作者だもんね」

「ああ。まあ、役者は顔が命ってところは確かにあるけどな」

「どっちなの」

「両方だ。狂言も役者の顔もどっちも大事」

「まあ、あたしも菊五郎の顔は拝みたかったんだけどさ」

「なんだ、やっぱそうか」

「そりゃ見たいよ。いいじゃない、別に」

「えへへ」と照れて笑うと、仁吾郎も「あはは」と笑った。

ほどなくして客席はすべて埋まった。立ち見の客も出る大入りだった。幕が開き、『東海道四谷怪談』の初演が始まった。


芝居は序幕から、二幕目、三幕目と、夕方まで続いた。

小屋から出ると、夕空に赤みを帯びた雲が浮かんでいた。

仁吾郎は幕が閉じてからずっと黙っていた。それが気になって、らんも木戸をくぐるまでは無駄口を叩くのを控えていた。

「……すごい芝居だったな」

　表通りに出たところで、やっと仁吾郎が口を開いた。

「うん」とらんも頷いた。

『東海道四谷怪談』は期待したよりずっと上の出来映えだった。

　幕が明けるや、出てくるのは『仮名手本忠臣蔵』で切腹した塩冶判官の家臣で浪人の民谷伊右衛門だ。

　塩冶浪人といえば、主君を死に至らしめた高師直への復讐心に燃えているものだけれど、この男は違う。御家の御用金を盗みとって白ばくれるような悪党だ。伊右衛門は、自分のもとから離れた妻のお岩を取り返そうとお岩の父親の四谷左門を殺す。そしてお岩には「仇をとってやる」と嘘をついて夫婦に戻る。

　二幕目は、ますます悪党ぶりが盛んな伊右衛門に対し、お岩の憐れさが恐怖に変わる。小賢しい伊右衛門は敵である高家に仕官するのに、その家臣の娘であり、自分に恋慕しているお梅を妻にすることになる。となると、伊右衛門にとってもお梅の家にとっても邪魔なのはお岩だ。というわけで、お岩は薬と称して毒を盛られて死んでしまう。その死に方がなんとも凄まじいのである。

「菊五郎のお岩、すごかったね」

「ああ、あの腫れた顔にはびっくりしたな」

「うらめしいいい〜〜〜！」

お岩を演じた菊五郎の声色を真似てみた。毒を盛られたお岩は、自分を裏切った伊右衛門を深く恨みながら死んでいく。毒によって髪が抜け、血が滴る様は見ていて鬼気迫っていた。

菊五郎の声に、まわりにいた人たちが「おっ？」とこっちを見た。

「あ、やっちゃった」

「ははは。そっくりだな」

仁吾郎の顔にやっと笑みが浮かんだ。

「それにしてもあの伊右衛門って野郎は腹が立つね。あいつがまだ生きてんのが癪に障るよ」

「悪党は世にはばかるものさ」

今日の芝居は三幕目の砂村隠亡堀の場で幕を閉じた。

ここで伊右衛門は自分が戸板に打ち付けて川に流した亡きお岩と再会する。戸板の表側にはお岩、裏側には同じく伊右衛門に殺された小仏小平が打ち付けられている。戸板をひっくり返すと、お岩の顔が小平に変わる。実はどちらも主役の尾上菊五郎が演じている。仕掛けといい芝居といい、まさに見せ場だった。

「明日も愉しみだな」

「そうだね。伊右衛門をやっつけてほしいな」

「最後は地獄に落とすだろう」

「仁吾郎さんが南北でもそうする？」

「するに決まっているだろう。でないと客は収まりがつかない。それにしてもうまいよ、南北は」

仁吾郎の言葉数が少なかったのは、どうやら鶴屋南北の狂言に圧倒されたかららしかった。同じ狂言作者として、らんにはわからないなにかを感じ取ったのだろう。

「『仮名手本忠臣蔵』と掛け合わせたのもわかるな。伊右衛門を討ち、高師直を討つ。見ている方はいい気分だ」

「『京屋座』も『勧進帳』と『義経千本桜』のいいとこどりをしたじゃない。うちの座元もけっこう目のつけどころがいいね」

「安直なんだよ。最後の鎌倉の段なんか目も当てられない」

義経と知盛が頼朝を呪い殺してしまう物語は、仁吾郎が京兵衛に頼む頼むと押し切られて書いたものだった。

「ひどくないよ。お客さんにすごくうけていたじゃない」

「笑いはとれたけど、ちっとも怖くなかった。怪談なんだから、あそこはやっぱり客が怖気づく狂言でなきゃいけない」

「でもさあ、こんなこと言っちゃなんだけど、いくら狂言がよくても、菊五郎のお岩は、あれはなかなか超えられないよ」

京兵衛も花二郎もいい役者だ。しかし、今日見た菊五郎は別格だった。小屋中に響く声、役に合った所作の巧みさ、客の心を鷲づかみにする芝居は蓆張り小屋の役者が束になってもかなうものではなかった。

「ああ、はまり役ってのはこういうののことを言うんだな。さすがだよ。尾上菊五郎は」

「なんかさ、あたし、与茂七のときの菊五郎と目が合った気がするんだよね」

佐藤与茂七は塩冶浪人、今日菊五郎が演じた役の一人だ。

「合ったんだろう。菊五郎は女の客には目線を送るんだよ。それで惚れさせるんだよ」

「うわっ、危なくやられるところだった」

「与茂七のときってのがまたうまいな。お岩のときだったら小便がもれそうだ」

尾上菊五郎は色男だと聞いていた。実際、化粧の上からでもいい男なのがわかった。できれば化粧をしていない顔も見てみたい。

「鶴屋南北もさすがだよ」

仁吾郎は狂言そのものにも感服しているようだった。

「うん。おもしろかった」

「最高だよ。泣かせるところで泣かせる。これで少しはと思えばさらに泣かせる。いい加減にしてくれと思ったら死なせちまってまた泣かせる。かと思えば化けて出る。見ていると、不憫なはずのお岩が気味悪くて、くそ憎らしいはずの伊右衛門がなぜだか格好良く見えてしまう。芝居の妙だね。ああ、くそ、書きたいなあ」

「書きたいの？」

「ああ、書きたいさ。俺もこんな狂言が書きたいよ。むずむずしてきたぞ」

「仁吾郎さんは狂言作者だね」

「いい狂言を見ると自分でも書きたくなるんだよ。性分だな。お前はどうなんだ。台詞は少しは頭に入ったのか」

「入ったよ。座元に話したくてうずうずしているよ。早く小屋に戻ろう」

やっぱり行ってよかった。いいものを見せてくれた。京兵衛に礼を言いたかった。

「ところでさ、あっちの方はどうなの？」

歩きながら、仁吾郎に訊いてみた。

「あっちって、捕物劇か」

「うん」

『播磨屋』の一件だった。

「いま書いているよ」

「うまく書けそう？」

「安吉ってのをもっと底の深い悪党にしなきゃ駄目だな。悪党なんだけれど、見ているとなぜだか惹かれてしまうような。さっきの伊右衛門を見て思ったよ」

『播磨屋』の大捕物は、あれからすぐに瓦版になって江戸中を賑わせた。仁吾郎は京兵衛に言われてそれを芝居に書いているところだった。

「他にもいろいろ濁さなきゃいけないところもあるしな。替え玉になる手引き役は『播磨屋』の娘ってことにした」

「ありがとう」

「まさかうちの小屋の木戸芸者です、なんて書けないさ」

あのあと、京兵衛と交わした大捕物のあらましを話すという約束は守った。

京兵衛と仁吾郎を相手に、あらましどころか瓦版には書かれていない仔細に至るまで喋った。もちろん、源助にもみつにも了解をとってのことだった。

瓦版では、ここしばらく世間を騒がせていた押し込み強盗の一味を一網打尽にした話までは書かれていたが、捕り方がどうやってその企みを暴いたかまでは明かされていなかった。役人たちは、できればそれを自分の手柄にしたかったらしい。源助には同心を介して褒美が与えられたが、らんや達吉などその下で働く者にはいくらかの銭が渡されたに過ぎなかった。

「忙しいね。大捕物も書かなきゃならないし、怪談も書かなきゃいけないしで」

「そうだな。まずは大捕物だよ。怪談は、さっきのをしのぐ話を書くには時が要る。座元にはそう話すさ」

「話すのは明日にしてね。今日話すと、だったらもう行かなくていいぞって言われそうだから」

出かける前の京兵衛の吝い顔を思い出す。座元は南北の新作怪談が二日にわたって上演されることを知ると「なんだよ、もったいぶりやがって、二日もかかるのか」と眉間に皺を寄せた。頭で咄嗟にかかる木戸銭の勘定をしたであろうことは言うまでもない。それでも「芝居は最後まで観ないとな」とらんと仁吾郎を送り出してくれたのだった。

「もちろん、明日だ。伊右衛門もだが、お岩をどうやって鎮めるのか観たいしな」

「成仏できるかなあ」

「俺だったらさせないね。最後の最後まで化けて出す」

「お岩がかわいそうだよ」

舞台のお岩は、憐れではあるがなかなかしつこい性分で、人によっては贔屓ができないだろう。けれど、やはり憐れなのでどこかで救ってはやりたかった。

「ははは。狂言役者ってのは底意地が悪いのさ」

「頼むから、捕物の方はめでたしめでたし、で終わらせてね」

「そっちは請け合うよ。というか、そこだけは本当の話を書かせてもらうけどいいか」

「……いいんじゃないかな」

「ん、ちょっと間があったぞ」

「いや、大丈夫。ちょっと思い出しただけ」

思い出したのは、みつと清吉のことだ。

品川神社の例大祭が終わって、半月ばかり経った頃だった。清吉が両国に来た。みつに会うためだった。

落ち着いて話がしたい。

あらかじめ寄越した使いが持っていた文にそう書いてあったので、長屋ではなく京兵衛の家の一室を借りて、清吉とみつは川開きの晩を除けば二月ぶりとなる再会を果たした。らんとおはなも同席した。

二人は、会うと、お互いに畳に額をつけて謝りあった。口から出るのは相手に対する詫びばかりで、らんとおはながそれぞれの手を上げさせなければいつまでもそうしていそうだった。

清吉は「すべては承知している」と、自分が源助やらんからみつのこれまでを聞いたことを話した。そして縁談を白紙に戻したこと、みつを妻に迎えたいという気持ちを伝えた。

だが、みつは首を縦には振らなかった。

「わたしにはできません」

いくら清吉が口説いても、みつは自分が嘘をついていたことを許せずにいた。自分のような女がそんな幸せを享受してはいけない。そう言い張った。

「では、そのおなかのなかの子はどうなる？」

清吉にそう問われたときだけ、みつの顔が苦しげに歪んだ。

「父親のいない子でいいのか。どうか考えなおしておくれ」

わたしはいつまでも待つ、そう言い残して清吉は品川に帰って行った。

それから、らんとおはなは幾度かみつと話をした。おなかの子のことを考えれば清吉の申し出はありがたい。しかし、みつは翻意しなかった。

「清吉さんにとってわたしは重荷になる。これぱかりは絶対にいけない」

いくら話を振っても、みつはそのたびに下を向くばかりだった。

おなかの子が生まれたら、その子を背負って麦湯屋の仕事を続ける。麦湯屋の店主夫妻も承知してくれた。みつは二人にそう話した。

「だからお願い。もう少しこの長屋にいさせて」

そう頼まれると、らんもおはなもこれより先にはなかなか話を進めることができなかった。

「そいつは無理があるってもんだ」

源助に相談すると、頼りになる目明しも口をへの字に結んで考え込んでしまった。

「女一人で生きるのもたいへんなのに、赤子の世話もしなきゃならない。おまけに頼れる身寄りもいないときたか」

「あたしやおはなちゃんがいるよ」

それがどんなにたいへんなことか、自分でもわかってはいなかったがらんは言った。

「お前らは子育てをしたことがないだろう。ま、それは俺も同じだが」

「やってできないことはないと思うの」

どうやったらみつを口説いて清吉のもとに送り出せるか、それを相談するつもりが、いつの間にか自分たちでみつの子育てを助ける話になっていた。

「お前にもおはなにも仕事があるだろう」

「あるけど」

「無理だ無理」

「じゃあ、どうすればいいの」

「考える。俺も一度おみつと話す」

源助はすぐにみつに会った。が、やはりみつは「こればかりはご堪忍を」と断った。

「しょうがないから、とりあえず清吉さんに文を書けと言ったよ。俺が届けてやるとな」

それに、と源助は付け足した。

「これは清吉さんとおみつだけの話じゃないだろう。『播磨屋』の旦那さんたちがどう考えているのか、そこも聞きたい」

「源助さん、意外にお節介焼きなんだね」

らんに言われると、源助はくすぐったそうな顔になった。

「女が困っているんだ。助けるのが奈落の源助の仕事さ」

数日後、源助は品川を往復した。帰りは良平という『播磨屋』の番頭が一緒だった。川開きのあの晩、清吉といた男だった。

「旦那様は、おさえさん……おみつさんのしたことは水に流してくれています。ご内儀様も同じです。ですが、『播磨屋』の嫁に迎えるかどうかとなると、それはまた別の話でして……」

良平が言うには、この話を巡ってここ数日、『播磨屋』のなかはすったもんだの騒ぎになっているのだという。

「若旦那らしいといいますか、おみつさんと一緒になれなければ家を出るとか出ないとか、そんな話になっていました」

しかし、源助がみつの文を持って現れると騒ぎはやんだ。

文には清吉に対する訣別が書かれていた。

「失礼ながら、わたしも目を通させていただきました。もしわたしを追うのであれば江戸の外へと姿を消すと書かれていましたね」

「はい」とみつは頷いた。

「わたしたちはあれをおみつさんの本気と受け止めました。若旦那はそれでも自分はおみつを迎えに行くといったんは言い出したのですが、一晩、考えに考え、かわりにこうしてわたしを使いに出しました」

そこまで言うと、良平は両手をついてみつに頭を下げた。

「おみつさんのお気持ちはわかりました。そのうえで、こちらの願いを聞いてくださいますか」

「どんな願いでしょうか」

「それは……」

清吉の願いは二つあった。

みつはそのうちのひとつを聞き入れた。あとからその話を耳にした達吉からは「おみつちゃんは欲がなさすぎるぜ」と笑われた。仁吾郎には「いい覚悟だ」と褒められた。

京兵衛は「そうか」と頷くと、「それなら俺に任せておけ」と頼んでもいないのにすべてを承知した顔になった。

らんはというと、おみつのその欲のなさが気に入った。そして思ったのだった。

(あたしたちがおみつちゃんを支えなきゃ)と。

十三

大川から吹く川風もずいぶん冷たくなってきた。

神無月も下旬であった。月が明ければ歌舞伎狂言は顔見世興行を迎える。

一年ごとに役者の顔が入れ替わる霜月は、いわば芝居の世界の正月のようなものである。実際のところ、これで話題になるのは人気役者が揃った江戸三座だけど、両国の蔦張り小屋だって顔ぶれが少しは変わって新味が加わる。

「おい、らん、おはなを呼んで来い」

仕事が引けて楽屋で茶をすすっていたらんに京兵衛が言った。

「なんですか、出し抜けに」

浅からぬ縁で結ばれているらしき京兵衛とおはなだけれど、普段はそれほど顔を合わせない。まして「呼んで来い」などと言われるのははじめてだ。

「呼べっていうけど、まだ矢場かもしれませんよ」

「仕事中なら切り上げればいい。店のやつらにゃ俺の名前を出せばいい」

「誰だそいつは、知らねえや、とか言われたらどうすればいいんですか」

「馬鹿にしてんのか。あそこは土地を借り上げるのに俺が口をきいてやったんだ。大恩人の名を忘れるわけがないだろう」

「へへえ。そいつは知りませんでした」

「なめんなよ。伊達に両国にとぐろ巻いているわけじゃねえんだ」

脇で白粉を落としていた花二郎が「娘相手になに粋がってんだか」と笑った。

「花、なに笑ってやがるんだ。お前もとっとと化粧落として『松崎』に行っていろ」

「『松崎』？」

浅草の料理屋の名前だった。一度の食事で数両が飛ぶとかいう噂の高級料理屋だ。行ったことはない。

「知っているか。ならいいや、おはなを連れて『松崎』に来い。俺も花と先に行っている」

「あたしもですか」

「勘違いするな。おはなを連れて来るだけだ。連れて来たらお前は帰っていい」

「なあんだ」

天下の『松崎』でお相伴にあずかれるかと思ったらこんなことだった。

「いいか、絶対に連れて来いよ。俺が絶対って言っているって言えよ。おはなのことだから、あたしはいいわ、なんてとぼけた顔して来なさそうだからな」

「あのう、なんの話か全然わかんないんですけど」

「お前はわからなくていい。あとでおはなに訊け」

なにか似たようなことを前にも言われた気がするのだけれど、さてなんだったか。

「ちょいとね」

花二郎が意味ありげな笑みを浮かべた。

「わかった！」

らんがぽんと拳でもう片方の手の平を打つと、京兵衛と花二郎が「ん？」と口をひん曲げた。

「おはなちゃんを芸妓の師匠にでも引き合わせようっていうんでしょ。矢場をやめさせて踊りや三味線をさせようっていうんじゃないの」

おはなにはそっちの方が合っている気がする。

「ど見当違いだど阿呆！　ごたごた言っていないでとっととおはなを捕まえて来い！」

なんで怒られなきゃいけないのか。（このどくそおやじ！）と胸の中で毒づいた。

「駄賃に二十文、給金にのせといて！」

そう言って楽屋を飛び出した。後ろから「一文だ！」という京兵衛のしゃがれ声が飛んできたが耳の穴には入っていないことにする。

矢場に行ってみると、おはなは仕事を終えてすでに帰っていた。

日の短い季節だ。町木戸を通った頃にはだいぶ暗くなっていた。

「おはなちゃーん」と自分たちの長屋に戻ってみると、部屋は暗かった。腹が目立つようになってきたみつは、いまは京兵衛の居宅で暮らしていた。京兵衛から話を聞いたおゆうが、ぜひそうしろと勧めてくれたからだった。麦湯屋にはまだ立っているが、赤ん坊が生まれる頃には店を休んでお産に臨むことになっている。少し気の早いことだが、産着はすでに清吉が用意してくれていた。

清吉が良平を通してみつに伝えた願いは二つだった。

ひとつは、みつと子の暮らしに必要な金を出すこと。

もうひとつは、年に一度、子に着物を贈ること。

みつは、このうち着物だけを受け取ることにした。そして送られてきたのが赤子の産着だった。だが、清吉は約束を破っていた。産着には小判が一枚ついていた。

〈せめて年に一度、小判一枚だけは許しておくれ〉

添えてあった短い文には、そう書いてあった。

「しかたのない人だねえ」

みつは小判を抱くように胸に当てると涙を流した。温かい涙だった。

「おはなちゃん、いないの？」

もしかして寝ているかと思って部屋に声をかけたが、返事はない。

「うええ、怒られちゃうよ～」

もたもたしていると駄賃どころか給金を引かれそうだ。

「あら、らんちゃん。なにしてんの」

声をかけてきたのは斜め向かいに住むおはつだった。夫を早くに亡くして、いまはやもめの兄と息子の喜一との三人暮らしだ。

「おはなちゃん見ませんでした。いないんだけど」

「おはなちゃんなら井戸のあたりで喜一たちと遊んでくれているよ。もう遅いから喜一がいたら戻れって言ってくれる？」

「ありがとう。行ってみる」

近くで話を聞いていた別のおかみさんからも「うちの子も呼んで」と頼まれた。

路地を奥に入って井戸のある方に歩いた。

近づくにつれ、とん、とん、と板を打つような音が聞こえてきた。

「すごい。また当たった！」と喜一の声がした。

長屋の角を曲がって井戸端に出た。薄暗がりのそこに長屋の子たちが集まっていた。

「みんな、もう遅いよー」

声をかけると子供たちが振りかえった。

「あ、らんちゃんだ！」

「おはなちゃん、なにしてんの」

子供たちの向こうにおはなが立っていた。

「おかえり」と微笑んだその手に弓があった。

「らんちゃん、おはなちゃんすげえんだよ。矢を全部的に当てちゃうんだ。知っていたかい」

喜一が言うと、そばにいた女の子が「馬鹿、らんちゃんはおはなちゃんと一緒に暮らしているんだから、知っているに決まっているじゃない」と袖を突いた。

「いや、知らなかった」

そういえば知らなかった。

おはなは洗濯場の物干し竿にぶら下げた板の的に向き合うと、腰の籠にあった矢を一本抜いて放った。

ひゅん、と矢が飛んだかと思ったら、「とん！」という音とともに的が揺れた。矢が墨で描いた丸い的の真ん中に当たっていた。ほとんど同じ場所に数本の矢が刺さっていた。

おはなは子供たちに向き直ると、「さあ、今日はもう遅いからまた明日ね」と笑った。

子供たちが散ってゆく。

「喜一ちゃんに弓を教えてって請われてね。そういや教えてあげようと思っていたんだと思い出して引っ張り出したのよ」

的を物干し竿からはずしながらおはなが言った。

「おはなちゃん、弓矢できたんだ」

訊きながら、喉の奥になにかがつかえている感じがした。

あの大捕物の晩のことが甦る。あのときも「ひゅん」という音がした。

（まさか……まさかな）

あの矢を放ったのは誰なのか。話をしたとき京兵衛たちにも「誰なんだよ、そりゃあ」と訊かれてすぐに答えることができなかった。

「いやあ、同じ日に神社で神君家康公じゃないかっていうじい様に会ったんですよね。もしかしてその人かも……」

答えあぐねてそう言うと「なに寝ぼけてやがるんだ」と笑われた。

（あれはまさか……）

考えてみると、品川から帰ったとき、自分はいつもの調子で見聞きしたことばかり喋って、大捕物の晩におはなやみつがなにをしていたかを聞いてはいなかった。

「どうしたの、ぼうっとして」

はっと気づくと、目の前におはなの顔があった。

「弓矢はできるわよ。だってお店で慣れていないお客さんに指南しているんだから。矢拾いの嗜（たしな）みよ」

ふふっとおはなが笑った。

「おはなちゃん」

「なあに」

「あのさ、あたしが品川に行っていたとき。あの大捕物のあった晩なんだけど、なにしていた?」

「なにしていたって。らんちゃんの無事を祈っていたよ」

「そうか。そうだよね」

おはなはまた「ふふ」と笑った。いつもならここで話が終わる。でも訊いてみた。

「ど、どこで祈っていたの?」

おはなは答えない。微笑んでいる。

「にこにこしていないで、教えて」

すがるように言うと「わたしたちは」とおはなは小さく言った。

「いつも一緒だよ」

「じゃあ……」

おはなの顔はここから先は訊くなと言っているように見えた。だけど、こっちには言うべき言葉がある。

「あ、ありがとう」

おはなは小さく首を振ると、「はあ」と一息ついた。

「すっかり遅くなっちゃった。ごはん食べて湯屋に行こうか」

「あ、それが、うちの座元が呼んでいるんだよ」

用事を思い出した。これで二十文だ。

「京兵衛さんが？」

「うん。浅草の『松崎』に来てくれって」

「いまから？」

「そう。絶対に来いって。絶対だって」

「……わかった」

よし、二十文。

「じゃあ、支度しなきゃ。『松崎』ね」

「そう。あたしも行く。連れて来いって言われたから」

「一人で大丈夫よ」

「でも二十文が」

「二十文？」

「……こっちの話です」

「おかしいの。ま、いいか。連れて来いってらんちゃんに言うからには、なにかご馳走してくれるんでしょう」

「お前は連れて来たら帰れって言われた。あたしはおはなちゃんの首に紐をつけるだけのお役目みたい」

「大丈夫よ。らんちゃんが一緒でなきゃわたしも帰るって言うから」

おはなは長屋に戻ると、簞笥の中から日頃は着ない絹地の着物を二枚出した。

「らんちゃんも着替えて。『松崎』に行くのなら恥ずかしくない格好をしなきゃ」

「あたしにこんな上等な着物は似合わないよ」

「いいから着なさい」

そう言うと、おはなはあっという間にらんの帯を解いて白縮緬に緋色の模様が入った着物を着せてしまった。

「すごい。あたしじゃないみたい」

らんが興奮している間に、おはなは自分も着替えた。こちらは紺に白の絞り柄だった。

「おはなちゃん、きれい」

「この柄は夏の浴衣の方がいいと思うんだけど袷（あわせ）も悪くないわね」

落ち着いた配色はおはなの美しさを一段引き上げていた。夜に着るにはもったいないほどだ。

「さあ、行きましょう」

両国から浅草までは歩くと四半刻。木戸番の老人に帰りは遅くなるかもしれないと告げると、おはなは提灯を持って歩き出した。連れて行くはずが、逆にらんが連れて行かれるような感じだった。

「おはなちゃん、提灯はあたしが持つよ」

「いいわよ。わたしが持つ」

「だって、あたしが座元に頼まれたんだから」

「そう。なら、帰りはわたしね」

提灯を代わった。これで案内役らしくなった。

(座元はなんでおはなちゃんを『松崎』に呼んだのかな)

おはな本人に訊けと言われたけれど、切り出せる雰囲気ではない。

『松崎』のような店で会うのだから、特別な話があるに違いない。

(なんだろう?)

そこまで考えて、はっとなった。

「まさか縁談!」

声に出てしまった。おはなが「うん?」とこっちを見た。

「縁談?」

「いや、ほら、座元が折り入って話があるみたいな感じだったたし、縁談じゃないかと」

だとしたら相手は誰だ。

「まさか花二郎さんと？」

花二郎は独り身だ。色恋の方がどうなっているのかは知らないけれど、『京屋座』の女性客はたいてい花二郎目当てで来ている。確かに色男だし、相当あれやこれやあるに違いない。だけど、そろそろ落ち着こう。なあ、座元、どこかに所帯を持つのにいい女はいないか。いるぞ。どこだ。おはなはどうだ。おはなか、あいつはいくつになった。十九だ。そろそろいかねえと行き遅れちまう。あいつの父親には俺は世話になったし、どうだ花、もらってやっちゃくれねえか。名前もはな同士でちょうどいいだろう。よし、そうと決まったら話は早い方がいい。今夜あたり『松崎』に呼んで祝言の前祝いとするか。……なんていうやりとりがあって、こんなことになっているのかもしれない。

「なに考えているの？」

くるくる回る独楽（こま）のようにぶつぶつ言っていると、おはながそれをぴたりと止めた。

「違うわよ。そんな話じゃない。縁談だったらおゆうさんが来ると思う」

「ああ、確かに」

あの世話好きのおゆうがこんな愉しい話を放っておくわけがない。

「じゃあ、なんでだろう」

「呼んだのは、たぶん京兵衛さんじゃないと思うよ」

「ほかの人？」

「うん」

ならば花二郎か。いや、違うだろう。

「わからないよー。誰なの」

「行けばきっとわかるわ」

おはなにも確信はないのか。拒まずに来たということはあたりくらいはついているのだろう。

（まあいいや。浅草はすぐそこだし）

それよりも、本当に自分も座敷に上げてもらえるのか。それが気になる。

「なんだよ。お前までついて来たのか」

『松崎』に着いて案内された部屋に行くと、案の定、京兵衛はけちくさそうな顔を見せた。

「邪魔なら帰ります」

もとよりこんな堅苦しそうな席は自分には似合わない。不満そうに口をすぼめると、京兵衛は「しゃあねえな」とあきらめ顔で笑った。

「どうせおはなについて来いって言われたんだろう」

「そう」

らんのかわりにおはなが答えた。

「おはながそれでいいならいいか。でもな」

ぐいっと京兵衛が顔を近づけてきた。暑苦しい。

「今日見聞きすることは人には言うな。内緒だ。わかったな」

「わかりました」

京兵衛がいつになく真面目な顔だったので、こっちも真面目に答えた。

通された部屋は二間続きだった。案内してくれた女中は廊下で待っていた。京兵衛がもう一間へと続く襖（ふすま）を開けると、次の部屋が現れた。奥に床の間があり、その手前に見たことのない男が座っていた。こちらから見て左の脇には花二郎が膳に向かっていた。

「ひさしぶりだな」

顔を上げた男がおはなに向かって言った。少し吊り目気味の大きな目が印象的だった。

脇にいる花二郎がかすんで見えるほどの二枚目だ。

おはなが前に進み、膝をついて頭を下げた。らんも急いで手をついた。

「ごぶさたしております」

おはなが挨拶する。

（あたしはなんと言えばいいんだろう？）

わからないので姿勢を低くしたまま固まった。

花二郎は口元をわずかに上げてこちらを見ている。自分ではなくおはなをだ。京兵衛は後ろにいるからどんな顔をしているのかわからない。と思いきや、京兵衛が横を通って男の右脇の膳の前にどすんと腰を下ろした。

「母の葬儀の際はお心尽くしありがとうございました」

おはなが礼を言った。

「あいかわらず他人行儀だな」

男が目を細めた。

「母にそう躾(しつ)けられましたから」

「あいつはたいしたもんだ。俺はあいつには一生頭が上がらないよ」

この人は誰なのか。思い当たる節はひとつしかない。

(ひょっとして、おはなちゃんのおとっつぁん?)

おはなの母を「あいつ」と呼ぶ男の言葉使いからするとそうとしか思えない。でなければ、おはなの母の兄弟とか。そのへんの誰かだ。

「わざわざ呼び出してすまなかったな」

「いつものことなので慣れています。で、今日は?」

おはなは、かたくもなく、やわらかくもなく、いつものおはなだった。ときどき、この人とこうして会っているのかもしれない。

「ところで、そっちの娘さんは誰だい。その着物には見覚えがあるんだが」

話が自分に向いた。

「わたしと一緒に暮らしているらんちゃん。着物はわたしが貸しました。わたしより似合いそうだから」

「うん。似合うな。おらんちゃんか。よろしくな」

にっとされて「は、はいっ、らんです！」と返事した。声が裏返っていた。

（なんだよ、このいい男は）

ちょっと怜悧に見えた顔が微笑むと菩薩のようになる。これはよほどしっかり立っていないと抜けかかった歯みたいにぐらぐら揺れてしまいそうだ。

「うちの木戸芸者さ」

京兵衛が言った。

「去年亡くなったうちの木戸番の娘でね。赤ん坊の頃から俺が手塩にかけて育てたのよ。なあ、らん」

「はい」

手塩になんざかけられた覚えはないけれど、とりあえず返事しておく。

「座元、あたしまだこちらの方のお名前を聞いていないんですけど……」

雰囲気からして役者と見た。さて、誰だろう。

「辰五郎だ」と本人が答えた。

「辰五郎さんですか」

素早く頭の中で辰五郎という名の役者をさがしてみる。どこかにいるかもしれないが、ぱっとは思いつかない。いたとしても芝居の看板を張るような人気役者ではないだろう。

「あの、辰五郎さんはおはなちゃんとは？」

とりあえず、いちばん訊きたいことを訊いてみた。

「おはなは俺の娘だ」

やっぱりだ。

「てことは、辰五郎さんはおはなちゃんのおとっつぁん」

「そうなるな」

なにかができた童を褒めるような顔で辰五郎が頷いた。

「ま、おらんちゃんも知ってのとおり、一緒に暮らしているわけじゃない。父親らしいことなんざなにもおはなにはしてやれていないんだけどな」

「らんちゃん」とおはなが呼んだ。

「黙っていてごめんね」

おはなが謝ってきた。

「この人のことは、なんだか自分から人に話す気が起きないんだ」

「いいんだよ、そんなの。でもよかった。あたし、おはなちゃんのおとっつぁんはてっきりあの世にいっちまっているもんだと思っていたから」

口が滑った。

「あははは。あいにく俺はまだこの世にいるぞ」

辰五郎が破顔した。

「ところで、今日はなぜ呼んだんです。まだそれを聞いていないのですけど」

おはなに問われ、「ああ」と辰五郎は鼻をこすった。そんな仕草ですら格好良く見える。役者でないとしたらなんなのだろう。

「しばらく上方に行くことになった。その前に暇を告げようと思ってな、京兵衛と花二郎だけでなくお前も呼ぶことにしたのさ」

「上方に行かれるのですか」

「前からあった話だ。大坂（おおざか）の興行が終わるまでは江戸には帰らない。いまのうちにおはなの顔を見ておきたくてな」

興行ということは役者だ。それとも元役者でいまは裏にまわっているとか。あり得る。

「今生（こんじょう）の別れみたいなことを言うんですね」

「上方で死ぬ気はないぞ」

「こんな顔でよければいくらでもどうぞ」

「美人に育ったもんだ。娘盛りが過ぎて、よけいにきれいになったな」

「よしてください」

「いい男はいないのか」

「いきなりそれ？」

「あはは。そりゃお前、なにが気になるってそれだよ。へんな男がつきやしないか、離れていてもそればかりさ。気になって夜も眠れない」

「よく言うわ。普段はわたしのことなど頭にないでしょうに」

「どうなんだ」

「いません。男の人とは関わっていません。矢場なんかにいるとね、よけいに身持ちが堅くなるんです」

「それを聞いて安心した。だけどお前もそろそろ嫁がないとな。上方から戻ったらまた話をさせてくれ」

「役者はやめてくださいね。不徳が多すぎます」

「わかっているよ。心配なだけだ。おせつにできなかったぶん、お前にしたいんだ」

亡くなったおはなの母親の名が出た。

「あいつはいい女だった。俺の不徳を全部背負いこんでくれた。おっと睨むなよ。まあ、睨まれても仕方ないか」

辰五郎はそこまで言うと、「おい、こいつらにもなんか出してやってくれ。俺の奢りだ」と京兵衛に顔を向けた。おはなも「ふう」と肩で息をするとらんを振り返った。

「腹が立つから食べよう。らんちゃん、なんでも食べていいからね。お酒もいっちゃいな」

おはなの口から「腹が立つ」などという言葉を聞いたのははじめてだった。

(おはなちゃんにも腹を立てるような相手がいたんだ)

そう思うと、おはなには悪いけれどちょっと愉しかった。

ぱんぱん、と花二郎が手を鳴らして廊下で控えていた女中を呼んだ。

「大事な話は済んだ。あとはじゃんじゃん持って来てくれるかな」

膳が次々に運ばれてきた。酒もあった。

「お酒、お正月から飲んでいないや」

女中が注いでくれた酒を口に運ぶ。ふわっとした米の香りが鼻を通ったかと思ったら、
舌に甘みが広がった。香りや甘みだけでなく、酔いを誘う酒の精のようなものも感じる。

「美味しい……」

気づくと酒を美味しいと感じる歳になっていた。

(あたしもちょっとは大人になってきたのかな)

ちらっと隣を見ると、おはなはすまし顔で盃（さかずき）を戴いている。犬みたいにぺろぺろ飲んでいる自分とは違って、酒を飲む姿が堂に入っていた。

「おはなちゃんとお酒、はじめてだね」

「そうだね」

「飲みすぎんじゃねえぞ」

そう言う京兵衛はぐいぐいと酒をあおっていた。

「座元、酔い潰れないでくださいね。花二郎さんがたいへんだから」

「俺に背負わせる気かよ。冗談ぬかせ」

花二郎が拒むと「あはは」と辰五郎が笑った。

「そんときは駕籠（かご）を呼ぶからいい。それよか飲もう」

飲み食いしながら、辰五郎と京兵衛、花二郎の昔話を聞いた。

三人は若い頃から中村座など江戸三座の同じ舞台を踏んだ仲間だった。それがあるとき三人揃って「これは言えねえこと」とかをやらかして、京兵衛と花二郎の二人だけがその責を負って表舞台から降りることになったのだという。

「辰はなにしろ名跡を継がなきゃいけねえ身だからな。俺たちなんかとは違うんだ」

京兵衛が言うと、花二郎も「そうそう」と顎を上下する。

「なんてこいつらが言うもんだから、俺はこいつらに借りができちまったのさ」

辰五郎は組んだあぐらに肘を突きながら、どこか遠い目をしていた。昔のことを思い出しているのだろう。

「借りがあるのはこっちの方だよ。らん、『京屋座』が広小路に丸太を組んでいられるのは辰が町の年寄りたちに口を利いてくれたからだ。覚えとけ。恩人だぞ」

「昔の話だよ」

ふっと笑う苦味を含んだ顔も二枚目だった。さっきから隠れて見比べているのだけど、きれのある涼しげな目元も筆でさっと引いたようなきれいな鼻筋も、辰五郎とおはなはよく似ていた。やはり血の通った父娘だ。

「おせつとおはなのことじゃお前らに世話をかけっぱなしだ。なにしろ俺には銭一文出させてくれないんだからな」

「着物や簪（かんざし）をいただいています。裏長屋には不釣り合いな箪笥もね。これで十分」

少しお酒が入っているからか、おはなの頬はわずかに紅色になっていた。

「武家の娘の矜持だな」

遠くを見るような目で辰五郎が言った。

「武家？」

おはなの顔を窺うと「なんでもない」と呟かれた。瞼にはなぜか弓を引いているおはなの姿が浮かんだ。

（おはなちゃんのおっかさんは、お武家さんの出だったのかな……）

であれば、役者とどうこうなるなどというのは許されることではあるまい。

らんの思いをよそに、場はどんどん盛り上がっていった。

どうやら辰五郎と京兵衛たちは持ちつ持たれつの間柄らしかった。話を聞いていると辰五郎は世間ではかなり力を持った男のようだ。妻もどこかにいそうだ。そんなこんなでおせつはきっぱりと身を引いたのだろう。そこで行く末を案じた辰五郎は旧知の京兵衛におせつと娘のおはなを託した。当たらずとも遠からずといったところではなかろうか。

だいぶ酒が進んだところで、辰五郎が「ほら」となにかの本を出した。

「写本だ。先生には断りを入れてある。適当に話を変えて使いな。もちろん、先生にはたんまり渡せよ」

「ありがてえ」と京兵衛は押し戴く。「なんですか、それ」とらんが覗こうとすると「しっしっ」と犬でもどかすように手で払われた。

「なんだよ、座元のけち」

「うるせえ」

「狂言だよ。うちでもやらせてもらえるように辰がはからってくれているのさ」

花二郎が赤い顔で言った。けっこう酒がまわっていそうだ。

「花、よけいなこと言うな」

「いいじゃないかよ。木戸で呼び込みをするのはらんだぜ」

「まあ、そりゃそうだが」

ふうむ、と腕を組む京兵衛を見ていると、いままで透けて見えなかった『京屋座』のからくりが朧げながら見えてきた気がした。

(そうか。座元はこうやって上演する狂言を手に入れてきたんだ)

だいたいお上から認められた小屋ではない薦張り小屋の『京屋座』が、どうして名作や新作の狂言を興行してこられたのか。裏には辰五郎の力があったのだ。

「らん、けっこう酒が進んでいるな」

花二郎に指摘された。

「そう?」

「顔が赤いぞ」

「えー、恥ずかしい」

「酔っ払わねえうちになんかやってみろよ」

「なんかって?」

「座興だ。物真似でもしてくれ」

「そうだな」と京兵衛も頷いた。

「勘平でもやってみろ」

「忠臣蔵の？」

『仮名手本忠臣蔵』の早野勘平といえば二枚目の美男子。色男すぎていろいろあって三段目で切腹することになる。やるとすれば見せ場のそこだ。腹を切った勘平が手に血糊をつけて末期の一言を残すところだ。

ふう、と息を吸って声色を出した。

「色に耽ったばっかりに……」

見ていた辰五郎が「おっ」という顔をした。

「うまいじゃねえか。そっくりだぞ」

「そっくりって、尾上菊五郎にですか」

「ああ、声の絞り方に表情、わななした手の動きも音羽屋の芸だ」

「本当ですか」

江戸三座の人である辰五郎に褒められると天にも昇る気持ちだった。

辰五郎はもちろん、京兵衛も花二郎もご機嫌で笑っている。居合わせている女中も愉しそうに顔を綻ばせている。表情を変えていないのはおはなだけだ。

「よし、じゃあもうひとつ、お岩だ」と京兵衛が言った。

今度は『東海道四谷怪談』だ。これなら本物の菊五郎を見ている。

「ただ恨めしいは伊右衛門殿、喜兵衛一家の者どももなに安穏におくべきか」

そこで、辰五郎が声をかぶせてきた。

「思え思えば、ええ恨めしい、一念通さでおくべきか」

おお、と京兵衛と花二郎が唸った。おはなはなぜか呆れ顔だった。

「辰五郎さんもうまいですねえ！」

褒めると、男三人が「うわははは」と哄笑した。

「うっひゃっひゃっひゃっ、こいつはいいや！」

京兵衛は本当に畳に転がって笑い転げた。

「なにがおかしいの。辰五郎さん、すごい上手だったじゃない。よっ、音羽屋！って感じだったよ」

「ひひひひ。ひひひひ」

「駄目だこりゃ」

そこに「お待たせしましたあ」と三味線や太鼓を持った芸妓たちがどやどやと入ってきた。

あとはもう、しっちゃかめっちゃかの宴だった。

町々の木戸が開いたばかりの道を、おはなと二人で歩いた。

『松崎』からの帰り道だった。結局、宴は夜更けまで続いた。らんとおはなは中座したが、遅くなったので空いていた別の部屋で寝かせてもらった。朝になって起きてみると、京兵衛たちはまだ寝息を立てていた。辰五郎の姿はなかった。帰ったのか、それとも違う部屋に芸妓の誰かといるのか、店の人に訊けば教えてもらえたかもしれないけれど、尋ねないまま出て来た。

「座元、あれじゃ朝から芝居は無理だね」

京兵衛は起こしても起きなかった。一瞬、目を覚ました花二郎には「お前がなんとかしろ」と言われた。

「なんとかってなにを？」

訊いたけれど、花二郎もそれきり起きなかった。

「なにか別の狂言はできないの？」

「うーん、主役がいないんじゃなあ」

小屋に行ってみんなに話せば、きっと誰かが浅草に走って二人を連れて来るだろう。それまでは呼び込みをいつもより長めにやってごまかすほかない。

「顔見世の話でもしようかな。うん、それがいいや」

顔見世興行では新作を上演する。仁吾郎が書いたあの品川の大捕物だ。

「それにしたって、おはなちゃんのおとっつぁん、いい男だったね」

辰五郎は見た目だけでなく、話していても気持ちのいい男だった。

「ありがとう。あんなのでもいちおうわたしのおとっつぁんなんだよね」

おはなには、娘にしかわからない辰五郎の一面が見えているのだろう。

「おはなちゃんはどう思っているか知らないけど、素敵な人だよ」

「ふふ。ならいいんだけど」

広小路に入った。大川の対岸に朝日が昇っていた。水面が黄色くきらきらしている。

その上に夏は見なかった水鳥たちが群れていた。

「辰五郎さんも役者なんでしょう」

「そうよ」

「名跡がどうのとか言っていたけど」

おはながなにも答えないので、らんも口を噤(つぐ)んだ。

「さすが『中村座』や『市村座』に立つ役者だね。菊五郎の真似がそっくりだった」

やっと言えたのはそれくらいだった。

右手に『京屋座』が見えてきた。朝の太陽を受けて、安っぽい筵が黄金色に輝いていた。左手に両国橋がある。橋の袂(たもと)に人影が二つあった。ひとつは高くてひとつは低い。

「あ、源助さんと達ちゃんだ」

おーい、と手を振ろうとしたところでおはなが「辰五郎は」と言った。

「え？」

「本名よ、辰五郎は。役者の名は別にある」

「え……あ、そうか」

よくあることだ。とくに名跡を継いでいるような役者だったら必ずといっていいほど本名の他に芸名を持っている。

達吉がこちらに気がついたらしく「おーい」と先に手を振ってきた。

「ということは……」

昨夜の辰五郎を思い出す。「**思え思えば、ええ恨めしい**」とお岩の台詞を諳(そら)んじたあの顔。あの顔に化粧をして腫れ物をつけたら……。

「ええっ！」

思い当たるのは一人しかいない。

「まさか、まさか、お、お、おのえ……」

「しいいっ」

おはなが口に人差し指を当てた。愉快げな顔だった。

「おーい、らん、なにやってんだよ！」

いいところでうるさいのが駆けてきた。

「きれいな着物着て、どっか行っていたのかよ」

見れば、源助が朝日を浴びて橋の上にいた。らんたちもそこに行ってみた。

「源助さん、今日は奈落じゃなくて上にいるんだね」

川岸を見下ろすと、少し離れたところを権太がシロを散歩させていた。シロだけでなく、白狸も紐につないで連れている。見世物小屋の獣たちにとって朝の散歩は一日の愉しみだ。

「ああ、沙汰が出るのが今日だと聞いてな」

そう呟く神妙な顔を見て「今日だったか」と思い出した。余罪が多く、長らく吟味が続いていた盗賊一味に沙汰が下る日だった。

「兄貴は優しいよ。あいつらに向かって手を合わせようっていうのさ」

達吉が両手を合わせた。

「あんな連中でも人の子だからな」

源助の声は情け深かった。いい男がここにもいた。

「じゃあ、あたしも」

「わたしも」

らんとおはなも南に向かって手を合わせた。きっとみつも、膨らんだおなかをさすりながら心の中で手を合わせていることだろう。

「うん、ちょっとね」

ひとしきり祈ったあと、振り返ってまだ川岸にいる権太とシロに手を振った。

「おーい、シロー！　遊ぼう！」

橋のあっち側にも届きそうな声だった。喜んでぴょんぴょんと飛びはねているシロに向かって、らんは駆け出した。

光文社文庫

文庫書下ろし

木戸芸者らん探偵帳

著　者　仲野ワタリ

2025年4月20日　初版1刷発行

発行者　三宅貴久
印　刷　堀内印刷
製　本　ナショナル製本

発行所　株式会社　光文社
〒112-8011　東京都文京区音羽1-16-6
電話（03）5395-8147　編集部
8116　書籍販売部
8125　制作部

落丁本・乱丁本は制作部にご連絡くだされば、お取替えいたします。
ISBN978-4-334-10614-0　Printed in Japan

組版　萩原印刷

光文社文庫最新刊

老人ホテル	原田ひ香
F　しおさい楽器店ストーリー	喜多嶋　隆
世田谷みどり助産院　陽だまりの庭	泉　ゆたか
録音された誘拐	阿津川辰海
ラミア虐殺	飛鳥部勝則
天上の桜人　須美ちゃんは名探偵!?　浅見光彦シリーズ番外	内田康夫財団事務局

KOBUNSHA